敵のおっぱいなら
幾らでも揉めることに気づいた件について
2

「等価交換だ。私の胸を触らせる、
その代わりに君が隠していることを教えろ」
ドクター

パトラ

敵のおっぱいなら幾らでも揉めることに気づいた件について２

とがの丸夫

角川スニーカー文庫

23756

本文・口絵イラスト／芝石ひらめ
本文・口絵デザイン／木村デザイン・ラボ

プロローグ

「……い、痛くないの？」

今にも泣きそうな、こちらが心配になってしまいそうなほどに、麗《うら》らかな空色の瞳を潤ませる黒い髪の小さな女の子。

何歳ぐらいだろう。そう考えるよりも膝にジクリと感じる痛みが意識を引っ張る。

「痛い」

転んだのだろう、俺の膝は擦《す》り剝《む》いていた。

そして、俺の体が小さくなっていることに気付く。多分、五歳とか六歳ぐらい。

「うぅ……」

今の俺と同じぐらいの女の子がさらに瞳を潤ませる、溢《あふ》れそうな涙は偉大な表面張力によって形をかろうじて維持していた。

なぜ怪我《けが》をしている俺よりも痛そうな顔をしているのだろうか。

「君も痛いの？」

「痛くないけど、でも、痛そうだから……」

「じゃ、痛くない」

「ほんと？」

「う〜ん、少しだけ痛いかも」

軽い冗談のつもりだった。

心配してくれたのが嬉《うれ》しかったから、つい言ってしまった。

「い、痛いんだ……」

とうとう涙が溢れてしまった。

「ご、ごめん。ほんとは全然痛くないから！　ほら！」

俺は女の子の目の前で何度も飛び跳ねてみせる。

空気に触れた擦り傷が少しヒリヒリとした。

だけど、女の子は安心するよりもギョッとした表情を見せる。

「ち、血が……」

見ると膝の擦り傷から血が垂れていた。

「大丈夫！　おまじないをすれば一発だから！」

「おまじない？」

「痛い時はな、痛いの痛いの飛んでけって言うんだ。そうすれば痛みもなくなるし、早く治るんだよ」

その場しのぎの言葉、民間療法とも言えない親から教えてもらったおまじない。

いつからそのおまじないが存在するのかは分からないけど、誰でも知っているはずの言葉に、天啓を得たかのように女の子は目を輝かせる。

「い、痛いの痛いの、とんでけー！　とんでけー！」

傷口に手をかざして、真剣に教えたおまじないを口にする。

こんなので傷が治るはずもない。だけど不思議と痛みが引いていく気がした。

そして女の子が疲れたと額の汗を軽く拭うのを後目《しりめ》に、俺は自分の膝にあった擦り傷が綺麗《きれい》に消えていることに驚いた。

「わぁ！　ほんとに治った！」

女の子は俺以上に驚いて、喜んだ。

最初のおどおどした姿はどこへやら、嬉しそうにピョンピョンと飛び跳ねている。

「君！　名前は⁉」

「ええ⁉」

「いきなりごめん、俺は幡部《はたべ》！　君の名前を教えてくれない？」

驚かせないように、ゆっくりと話せば女の子はモジモジとしながらも答えてくれた。

「――だよ」

「――ちゃんだね、よろしく……。はたべ、君」

「うん、よろしく」

「ね、今日のことは俺達だけの秘密にしない？」

首を傾《かし》げる――ちゃん。

「二人だけ？」

「二人だけ」

「……うん、わかった」

嬉しそうに、二人だけという言葉を大切そうに、まるでおまじないように口にする――ちゃん。

彼女のために秘密にと言ったのだけど、そこまで反応されると俺まで嬉しくなってくる。

自然と動いた手が、――ちゃんに触れ。

「おっきろー！　ジョーカー！」

腹部への唐突な衝撃によって意識が強制的に浮上する。

「ふんぐっ⁉」

　意識外からの攻撃に内臓が押し潰され、横隔膜が上に押し上げられる。

　必死に呼吸を取り戻した俺の視界に映ったのは、コンクリートの無機質な天井。

　そして俺の腹部に思いっきり押し付けられている白髪の頭部。同年代と比べてもかなり小さく華奢《きゃしゃ》な体からは想像もできない威力だ。

「パ、パイ、モン……なに、するんだぁ」

　ようやく今の状況を思い出した俺は、ググゥと押し続けている頭部の持ち主であるパイモンを睨《にら》む。

「あ！　ジョーカーやっと起きたね！」

　俺の腹に押し付けられていた重しが持ち上げられる。苦しい思いをした俺とは反対に、パイモンの表情は晴れ晴れとしていた。

　なにやり切った顔してんだ。俺の腹をサンドバッグと勘違いしてないか？

「朝からヒットポイント減らしに来るなよ、すげぇ痛い……」

「僕だって本当はしたくなかったんだよ？　でも〜何度声を掛けても起きなかったジョーカーが悪いんだからね？」

　満面の笑みで言われたところで信用できるか！

「ほらほら、早く起きてよね。今日の朝ご飯の当番はジョーカーなんだから、僕もうお腹《なか》ペコペコなんだからさ」

　パイモンが壁に掛けられた当番表を指さす。

　朝ご飯、夜ご飯、掃除、洗濯と書かれた一覧に今日の日付で俺の名前が書かれていた。

　今日の俺の当番は朝ご飯と洗濯、明日は夜ご飯と掃除だった。

「なぁ、俺の名前が毎日二つ入ってるのズルくないか？」

　当番表には俺以外にパイモンとシルヴィアの名前が書いてあるが、一日に一つだけだ。

　なんたる不公平、然《しか》るべきところに抗議しなくては。

「文句があるならパトラに言ってよねー、僕達の下僕になるって了承したのはジョーカーじゃん」

「うぐっ！」

「本当ならこの当番全部をジョーカーにやらせてもいいんだよ〜？」

「ぐぬぅ……」

「ジョーカーは僕達に感謝してもいいぐらいだよね！　だって、僕達は下僕！　のために当番を負担してあげてるんだから！」

　おいこら、下僕を強調して言うんじゃない。

　だが、パイモンの言っていることは全て真実だからこそ質《たち》が悪い。

どれだけ不条理だろうと、俺は甘んじて受け入れなければいけない事実に打ちのめされ、膝から崩れ落ちる。

「畜生……痛い、心が痛い……」

「仕方ないなー」

パイモンが俺の頭に手を乗せる。

「痛いの痛いの飛んでけー……てね！　はい、これでもう痛くないね！」

意味のないおまじないと邪気のない笑顔を見せるパイモンに、俺も釣られて表情が緩む。

「……いや、やっぱり痛い」

「そこはもう大丈夫って言いなよ～」

1章　潜入作戦

「では、潜入任務についての詳細を話そうじゃないか」

特務長室で、テーブルを挟んで俺と向かい合っていた特務長が手を叩《たた》く。

ツインテールにしていても腰まで届く髪がソファの上でベールのように広がっている。

「資料です、特務長」

「ありがとう、ハンマー君」

合図を待っていたかのようにテーブルの上に資料を並べるミスターハンマー。

「……」

あれ、なんか見られてる。ミスターハンマーからすっごい見られてる。

「えっと、俺って何かしましたか？」

「……気にするな」

無理があるでしょ、御自分のマッスルボディをお忘れですか？　そう思ってしまうが、気にするなと言われればそれまでだ。

とにかく今は潜入任務の打ち合わせに注意を向けるべきだ。

「分かりました」

俺は資料を手にして無理矢理《むりやり》意識を切り替える。

「まずは今回の潜入任務における事前のすり合わせから行おうか」

「了解です」

資料を渡し終えたミスターハンマーが特務長の背後に立ち、不動の構えを取る。

「事の発端はパトラ、赤鞭《あかむち》と呼ばれるヴィランが使用した黒球だ。あれの脅威としては純粋な破壊力が最初に挙げられるだろう、実際に戦ったジョーカー君なら分かるだろう？」

思い出すのはパトラとの戦闘時に受けたあの破壊力。パトラ自身の戦闘力とは関係ない力による実質的な敗北だった。

「おやおや、意外にも引きずっているようだね」

「え、あ、いえ」

いつの間にか眉間に皺《しわ》が寄っていたようで、慌てて表情を取り繕う。

「ふふん……。まぁ、最も脅威となるのは琴音《ことね》ちゃんの調査で判明した使用条件にあるのだけどね」

「PF能力者なら誰でも使えるってヤツですか？」

「そうそう、それ。正直赤鞭だけしか使えないのならどうとでもなる、それこそ〝まとも〟な状態のジョーカー君を当てればいいだけだ」

「まともって……」

言いたいことは分かりますよ？　でもまともな状態って面と向かって言われるとくるものがあるな。

白タイツでパトラと戦った時に使用された黒球だったが、久しぶりになれたヒーロー姿であれば黒球はそこまで脅威ではないと思えた。

「逆に言えば、まともでないと対処ができないということだ。そんなものを有象無象《うぞうむぞう》のヴィランに使われてみたまえ、断言しよう。未曾有《みぞう》の事態になるのは確実だね」

想像するだけでも恐ろしい内容なのに、それを口にする特務長は退廃的な笑みを浮かべていた。

それこそ、本当にそうなることを望んでいるかのような、深くて暗いオーラを纏《まと》っているようだった。

「私としては、一握の期待がないわけでもない」

吊《つ》り上がる口元が引き締まる。それだけではなく、纏う雰囲気すら別人のようだった。

「だが、それは決して容認してはいけない。我々の背後にいる者達にそのような無粋な代物はいらないのだよ」

場を包む静寂が、特務長によって強制的に作られる。

いつまで続くのかと思われた静寂は、特務長のパンッと手を叩く音で無理矢理に解かれる。

「とまぁ、そんなことは言ったが。要は危ないから取り締まろうねってことだよ」

「ええ、さっきまで凄《すご》くかっこよかったのに……」

「アッハハッハ、私が真面目に物事を語ると思わないでほしいね！　面白いが正義！それが私のモットーさ」

悪魔だこの人、絶対俺を揶揄《からか》っていたな。いつかこの人にギャフンと言わせてやりたい。

よしやろう、いつか絶対に言わせてやる。

「ぎゃふん」

「今じゃない！　というか、ナチュラルに心を読まないでくださいよ！」

「アッハハッハ、君は分かりやすいからねー……。でも、君が本当に欲しいのはギャフンなのかい？」

本当に欲しいもの？　世界の半分とか？

考えてみても思い当たる節がなく、自分探しの迷宮へと踏み出そうとした時だった。

「今日は少し……暖かいようだね」

それほど気温が高いわけでもないのに特務長はYシャツの上ボタンを胸元まで外すと、テーブルに乗り出すように手を突いて体を前かがみに倒した。

するとあら不思議、俺の視界には特務長の胸元がよーく見えてしまうじゃあないか！

……だが今の俺は、この程度で大歓喜していた過去の俺ではないのだ。

琴音の護衛任務で特務長の裸を俺は見ている、そりゃもうがっつりと見てしまっている。

あの美しさを目の当たりにした後では、この程度の誘惑に動じてたピュアピュア晴彦《はるひこ》は消えたのさ！

そう！　だから俺は堂々たる意思を持って対峙《たいじ》することができた、前《まえ》かがみだからこそ特務長ほどの小ささでも作り出せる逆三角形に！　なるほど黒色の下着ですか。

さらに今し方開け放ったボタンにより大幅に下がった防御力からは、逆さまの谷の向こうが見え、特務長の引き締まったウェストまでチラリと――

「ふふん。ジョーカー君が欲しいといえば……ね？」

「何をおっしゃいますか特務長、できればそのまま左右に揺れていただいても……あ、いえ、特に大した意味はないんですが。特務長の長く美しい髪の揺れる様は普段から美しいなと、はい」

「おや、髪を褒めてくれるとは嬉《うれ》しいね。これでも結構気をつかっているのだが、特務の

人間が君のように褒めたことなんぞ殆《ほとん》どないんだよ」

不思議でならないとばかりに困り顔になる特務長。

そりゃ言えないでしょ、自分の所属する組織のトップで、戦闘においても後ろで不動明王みたいになっている男、ミスターハンマー以上だと本人が語っているほどだ。

気安く言える人は限られるだろう……。俺、結構不敬なことしてない？

「いやいや、そんなことはないさ。純粋に褒めてくれた言葉が不敬であるはずがない。ああ、そうだったね揺れてるのがいいんだったね」

特務長は前かがみの体勢でユラユラと左右に体を揺らし始める。

艶やかな髪が風になびくように、ゆったりと揺れる。

「こんな、感じかな？」

当然、揺れるのは髪だけではなく、重力に引っ張られている逆三角形の特務長のちっぱいもだ。

前に不慮の事故（ここ大事）で揉《も》んでしまった時は、鍛錬で培われた素晴らしきものだったが、こうして揺れている光景を見ていると胸特有の柔らかさも兼ね備えているのがよく理解できた。

なるほど、おっぱいは触らずとも見ているだけで素晴らしいということなのか。俺のおっぱい道に新しい道を見せてくれた特務長の年齢不詳ちっぱいに敬礼！

「……ジョーカー、君？」

あれ〜なんだか気温が一気に下がったぞ？　今日は特務長の言う通り暖かいはずなんだけどなぁ……。

「私は先ほどから君の思考を読んで会話しているように見えなかったかね？」

う〜ん、おかしいな。気温が下がったはずなのに風邪を引いた時のように体が熱いぞ？　なんて現実逃避している場合じゃない、ここで逃げなければ物理的にも社会的にも消されてしまう！

「あ、そういえば特務長。今は潜入任務のお話でしたね、いや〜話の腰を折ってしまい申し訳ありません、どうも口が軽くていけませんね。ささ、仕事の話、しましょうぞ」

訳：口滑りました、マジすんません。とりあえず今はお仕事しましょう。

「いやいや、構わないよ。やんちゃな部下ほど可愛《かわい》げがあるものだ、そんな可愛らしい部下に優しく手ほどきするのも上司の務めというものさ」

訳：逃がさねえよ、校舎裏に来いやガキ。

「特務長の貴重なお時間を取らせている身ですから、そこまでしていただくのは大変心苦しく……。あ、そういえば特務長は何かお好きなお菓子などはありますか？」

訳：こ、怖いっす。す、好きな食べ物買ってくるので許してくださいっす。

「それは嬉しいね～、だが私は食に関しては好き嫌いがあまりなくてね……。そうだ、ジョーカー君が私が好きそうなのを選んできてくれたまえ、外したら半殺しだぞ？」

訳：いいだろう、間違えたら半殺し。

「言っちゃってるぅ！　特務長！　オブラートに包むの忘れてますよぉお！」

「はぁ……ジョーカー」

目の前の惨状を見かねたのか、ミスターハンマーが疲れたとばかりに声を出す。

た、助かった！　特務の副長を務めるミスターハンマーなら特務長を止めることもできるかもしれない！

「諦めろ」

訳：諦めろ。

回されたゼンマイが切れかけている人形も、きっと俺のようにぎこちない首の動き方をするのだろう。

俺は緊張で固まってしまった首を動かし、直視もできずに特務長を視界に収める。

「あ、やだ、特務長目が超怖いです！　人を殺しそうな目をしてますよ！」

「まだ冗談を吐けるとは成長したようだね、ジョーカー君？」

ハイライトのない、底なし沼のような目をした特務長がニタリと笑う。

ゆらりとハッキリと目で追えるほどの遅さで動いた特務長の手が俺の頬に添えられる、底なし沼に引きずり込むように強制的に特務長と目が合ってしまう。

いつの間にか、互いの吐く息がぶつかるほど近くに特務長の顔が迫っていた。

「大丈夫、最初は辛《つら》くて苦しく、いっそ死んでしまいたいと思ってしまうだろう。だが安心したまえ、すぐに気持ちよくなるさ」

あと数センチでファーストキスが奪われてしまいそうな距離で、特務長の熱を伴った甘い吐息が鼻腔《びこう》の奥へと送り込まれてくる。

「あ、あば、あばばばばば」

ダメだ、俺はもう逃げられない……。俺は今世でも両親に孫の顔を見せることはできないのか、と今世での終わりを悟った時だった。

バンッ！　と特務長室の扉が勢いよく開け放たれる。

「いつまでやってるんですか！　私ずっと部屋の前でスタンバイしてるんですよ！」

顔に不満の色をありありと浮かべた琴音がズカズカと入ってくる。

護衛の時とは違い特務の制服を着こなし、薄ピンク色の長髪をふわりとなびかせると俺達の前に仁王立ちする。

因《ちな》みにだが、特務における女性の制服はスカートだ。テストに出るから覚えておくように。

「ふむ、ここまでか……」

琴音の登場に特務長は諦めた様子で俺から離れる。消えていた目のハイライトも復活していつもの余裕綽《よゆうしやく》綽《しやく》な特務長の姿に戻っていた。

まさに命の救世主だ。俺は涙を流しながら琴音の脚に縋《すが》り付いた。

「ごどね！　ありがどう！　ぼんどうにありがどう！」

「きゃあああ！　キモいキモいキモぃ！」

この脚か！　この脚が俺を救ってくれた天使の脚なんだな！　なんて美しくいい匂いなんだ！　スリスリ。

わぁあ！　なんてスベスベな太ももなんだぁ。

「イヒイイイ！と、特務長助けてください！　セ、セクハラですよこれ！」

琴音が何か叫んでいるみたいだが、特務長は一切の反応を見せない。

「ミ、ミスターハンマー！　あ、ああ貴方《あなた》なら！」

特務長室における唯一のまとも枠とも言えるミスターハンマーに助けを求めるが。

「諦めろ」

「ひ、人でなしぃいいいい！」

誰一人として助けてくれないことを悟った琴音が、俺を無理矢理《むりやり》引き剝がそうとする。

もちろん、俺は必死に抵抗する。

「はーなーれーなーさーい！」

「ヤダ！」

「やだじゃないのよこの変態！　今日だって私の胸を触ったこと許してないんだから！」

琴音のまさかの告発に無関心を決め込んでいた特務長が強く反応を示す。

「流石《さすが》ジョーカー君だ！　できれば今度は私の目の前でしてくれると嬉しいね」

目を輝かせる特務長。

そこに反応するんですね。

「どうしてそんな反応になるんですか……特務も一応は国営の組織ですよ、そして私達は公務員でもあるんです。こんなことが特務長室で起きていると知られれば特務長もただでは済まないんですよ？」

頭痛を抑えるように頭を抱える琴音。

うん、正論過ぎて何も言い返せない。

特務長も同じようで、頬をポリポリと指で掻《か》きながら曖昧な笑みを浮かべる。

ミスターハンマーは顔を逸《そ》らした。

「そうは言うけどね、ＰＦ能力者としての欲求はいつでもつきまとう問題。特にジョーカー君がいい例だが、本人の意思とは関係ないのだから仕方がない部分でもあるのは琴音ちゃんも知ってるだろ？」

「そ、それは……そうです、けど」

「琴音ちゃんも例外というわけではない、そうじゃないかね？」

「うぅ……」

言い返せないとばかりに、恨めしそうに特務長を見る琴音。

なんだろう、論破されたというよりは別の要因で口が開けないみたいだ。

「ところで琴音ちゃん」

思い出したように口を開く特務長に、琴音が訝《いぶか》しげに答える。

「……なんでしょうか」

「それの存在を忘れているようだけど、大丈夫なのかい？」

そう言って足元を指さす特務長の視線を追う琴音、そして自身の太ももにべったりとくっ付いていた俺と目が合う。

「……」

「……」

「琴音、もう少し慎《つつ》ましやかな方が似合うと思うぞ。特務長に憧れているのか分からないが、くろ」

「わあああああ！」

グギリ。

俺の言葉を掻き消すように大声を上げた琴音は、素早い動きで俺の頭を摑《つか》んで一息に捻《ひね》る。

痛みはなかった、ただすっと意識が遠のく感覚だけが記憶に残っていた。

「お、特務に入ってから教えられる護身術。早速役に立っているようで良かったじゃないか」

「私が考えましたからね、仕留める気で躊躇《ためら》わないのが重要です」

「ふー！　ふー！」

「ハンマー君もそっち方面だと大概だね。これじゃ過剰防衛だ」

「仕方ありません。これはジョーカーの落ち度ですから」

「ふぅん、それにしても琴音ちゃんの反応。恥ずかしさだけじゃないんじゃないのかな？」

特務長の放った不意の言葉に琴音の肩がピクリと跳ねる。

「そういえば琴音ちゃん。最近は研究ばかりで籠もっていたそうじゃないか」

「そ、そうですね」

なんの脈略もなく、ドラマのカット割りのように話を切り替えた特務長に、琴音はぎこちなく答える。

「長時間、能力を使っていたんじゃないのかね？」

だが、続いた言葉で特務長の言わんとすることを悟った琴音が、頬を赤く染めながら特務長を睨《にら》む。

琴音の反応に心底愉快そうに笑う特務長と対照的な反応を見せる琴音。特務長室という空間の中でミスターハンマーだけが取り残されていた。

「あー、ミスターハンマー君。ジョーカー君が起きた時のためにアイシングの用意だけしておいてくれないかな？」

なんとも特務長らしくない指示に、ミスターハンマーは訝しむが間違った内容でもないため素直に従った。

「ゆっくりでいいからね～、むしろそっちの方がいいまであるから」

「は、ハァ……？」

終始疑問が拭えないながらも、与えられた指示を忠実に遂行しに向かうミスターハンマー。

特務長室の扉が閉まると、部屋に残された琴音は沸騰しているかのような顔をさらに赤くし、特務長はもはや笑いを堪《こら》えることもしなかった。

「アッハッハッハ！　さぁ、琴音ちゃん！　思う存分やるといいよ！」

「み、見ないでくださいよ！」

「何を言ってるんだい、同じ女の子同士なんだから気にする必要はないさ」

「で、ですけど……」

「急がないとハンマー君が戻ってきちゃうよ？」

どうにか口実を探そうとする琴音だったが、特務長のその言葉が決定打となった。

「～ッ!!」

声にならない悲鳴を上げながらも、琴音は耐えられないとばかりに自分の服に手を掛けた。

「わあああああ！　白鳥の舞で迫ってくるなぁあああああ！」

「キャアッ!?」

青髯《あおひげ》の生えたおっさんに迫られる悪夢から目覚めると、俺はソファから立ち上がる。

いつの間にか寝ていたようで、あたりを見回すとここが特務長室であり、先ほど聞こえた悲鳴の主である琴音がいた。

「俺、確か琴音に……」

そうだ、俺は琴音の太ももに抱き着いていて……あれ？

「お、おはようジョーカー！　もう、特務長室で寝ちゃダメでしょ？」

顔をほんのりと赤くした琴音の言葉に違和感を覚えたが、結局のところ俺が寝てしまったことは事実だ。

「ほら、特務長とミスターハンマーに謝罪しないと」

見ると、感無量な表情を浮かべる特務長と、疲れた表情をしたミスターハンマーがいた。

「すみません、色々ご迷惑をお掛けしました」

できればあの失言についても目をつむっていただけると嬉《うれ》しいです。

「ジョーカー、お前は何度言えば済むんだ……」

「まーまー、もういいじゃないかミスターハンマー君。私は十二分に楽しませてもらったから、気にしていないよ」

「は、はぁ……」

とりあえずはあの失言も許されたってことでいいんだよな？

「少々遊び過ぎたようだからね、仕事の話をしようではないか」

特務長がテーブルの上に置かれている資料を取る。

「了解です」

最悪の状況を脱せたことに内心で安堵《あんど》しつつ、俺もソファに座りなおす。

「ジョーカー、少しずれて。私が座れないじゃない」

「あれ、今回の任務は琴音も関わるのか？」

琴音のために新しく設けられた開発部門は研究を中心としている。

だから琴音は特務に所属しているとはいえ、実際に現場での活動やサポートなどに従事することはない。

そういった意味も含めての疑問だったが、琴音は心外だと首を振る。

「今回は私もチームのメンバーよ」

言葉の終わりに合わせて、特務長も口を開く。

「黒球を解析したのは琴音ちゃんだ、任務遂行のために特例として彼女にはサポートをしてもらう。こういった任務で専門家がいるとこちらも助かるのだよ」

ようやく合点がいった。

黒球のことを知る人は特務でも殆《ほとん》どいない。俺達が黒球のことを広めれば最悪の場合、潜入任務の目的である黒球の製作者が逃げてしまう可能性があるからだ。

黒球と対峙《たいじ》したのは俺と琴音の二人、そして黒球についての情報を一番有しているのは琴音だ。

「琴音がサポートに回ってくれるなら助かるな、よろしく頼む」

「任せなさい、今回は私もジョーカーと一緒に頑張るんだから」

自信とやる気に満ちた様子を見せる琴音。

特務長は一度頷《うなず》くと、俺達の意識を引くように手を叩《たた》く。

「よし、メンバーは揃《そろ》った。気概も十分」

「「はい」」

「それでは任務の概要だ。ジョーカー君に潜入してもらうのはスラム街の一つ、そこは黒球の製作者と思われるヴィランの縄張りだ」

「スラム街……」

琴音の表情が曇る。

裏社会とも呼ばれるそこは力が全ての弱肉強食の世界。

特務に入ったばかりの琴音だけではなく、俺でも足を踏み入れたことのないそこは、倫理観を始め同じ国にいるとは思えないほどに別世界といえた。

「昔は大小の武装勢力がいたものだが、今は様変わりしている。仁義という言葉で着飾られていたハリボテですら、埃《ほこり》を被《かぶ》った映写機のフィルム並みに時代遅れになっているのが現状だね」

「特務長、なんだか行きたくなくなってきました」

怖過ぎるだろ、どこの世紀末だよ。

「アッハッハッハ、大丈夫だよ。そんな恐ろしく汚れた裏社会で頂点に君臨するのは誰だと思っているんだい？」

俺には特務長の言っている意味が分からなかったが、琴音は気が付いたようで息を呑《の》んでいた。

「ＰＦ能力者……」

「正解だ。人にできないこと、人を圧倒する力を持つＰＦ能力は裏社会でなによりのステータスとなるのだよ。たとえ能力自体が弱かろうと関係ない、裏社会ではそれほどまでにＰＦ能力者は選ばれた存在なのだよ」

「じゃあ、今回の標的でもある黒球を作った能力者は……」

「裏社会で幅を利かせているＰＦ能力者は多い。そして我の強い連中は大きな群れは作らないが、小さな集団は無数に存在する。そしてその中で力を持つ者達は身勝手にも縄張りを主張しているというわけだ」

縄張りといっても、不良学生が入り浸ったりするのとは訳が違う。

その気になれば小さな独裁国家が無数に存在するようなものだ。

琴音がポケットから黒球を取り出す。パトラとの戦闘時に破壊された残骸を集めて修理した物で、元通りとまではいかないにせよ実際に操作できるぐらいの性能まで修理している。

「こんな物を作り出せるＰＦ能力者なら、縄張りを持っていても当然ですね」

「その通り、彼女の縄張りにいるＰＦ能力者全員が黒球を携帯していてもおかしくはない。戦力的な観点で見れば至極当然の帰結だね」

敵対したヴィランの全てが黒球を持っている光景なんて、想像もしたくない。

標的の思惑は分からないが、このまま野放しにすれば状況がどんどん悪くなっていくのは明らかだ。

「俺は潜入して標的を捕まえればいいんですか？」

「標的が何を目的としているのかによるが、こちらに不都合なら捕まえるしかあるまい」

「了解です」

「潜入任務の開始は三日後、その時はヒーロー名を含めて偽のプロフィールを持っていくように。報告は欠かさぬように、それは君が生きていることの証明にもなるからね」

「欠かさないように気を付けますよ、死にたくないですし」

どちらにせよ、まずは標的を見つけることから始めないといけないな。

俺が気持ちを新たにしている隣で、琴音が小さく手を挙げる。

「何かな、琴音ちゃん」

「標的の情報は縄張りを主張している以外にはないのでしょうか？」

「あー忘れてた。縄張りを主張しているのは〝ドクター〟と名乗るヴィランだよ」

忘れてたんかーい。

超危険な潜入任務に向かうのは俺なんですけど特務長、もしかして他にもぽろっと忘れてる重要な情報とかないですよね？

色々な意味で不安になってきたぞ。

マイナス方面へと傾き掛けた俺の思考を止めたのは、特務長がさらっと口にしたヴィランの名前だった。

「ん？　ドクター？」

「おや、どうかしたかねジョーカー君。ドクターという名前に聞き覚えでも？」

「確かどこかで聞いた気がするんですよねー。どこだったけかな……」

しかも昔というわけでもない、結構最近だった気がする。

最近の出来事だと琴音の護衛、黒球とパトラ、そしてパイモンとシルヴィアだ……シルヴィア？

「あ、ああ！」

「きゃっ！」

ようやく思い出せた喜びで大きくなってしまった声に、琴音が小さく悲鳴を上げる。

「ご、ごめん。思い出せた喜びで、つい……」

「もう、気を付けてよね」

軽く頭を振る琴音。

「それで、ドクターって名前をどこで聞いたの？」

「シルヴィアとパイモンっていうヴィランと戦った時だ、確か武器の性能を確かめるとかの話をしている時だったな」

「シルヴィア……それって、ジョーカーが痴漢した相手の名前だよね？」

普段よりワントーン低くなった声色の琴音に、思わず背筋が涼しくなってしまう。

「ま、まぁそれは置いておいて。問題はシルヴィア達がドクターの仲間という可能性があるってことだよ」

「それの何が問題なのよ？」

諦めたような、呆《あき》れたような様子で琴音が聞いてくる。

ごめん、結構重要なところなんでもう少し興味を持ってください。

「俺、連中に顔をがっつり見られてる。しかも二回」

琴音の目が見開かれる。

「凄《すご》くやばいじゃない」

「凄くやばい、特にこの間戦った時なんか本気で殺しに来てたから。出会って即死闘になりそう」

まさか潜入任務が始まる前から躓《つまず》くとは思わなかった。やばいぞ、シルヴィアとパイモンに見つかったら潜入任務どころではなくなってしまう。

「あ」

特務長が思い出したように口を開く。

やっぱり、まだ重要な何かを忘れてたんですか？　俺は今それどころじゃないんですけど。

「赤鞭《あかむち》もジョーカー君の顔を知っているよね」

「そ、そうだったあああ！　なんだったらパトラ本人がシルヴィア達を仲間みたいな感じで話してたあああ！」

ダメじゃん！　八方塞がりどころじゃないじゃん！

「ジョーカー……どうしてそれを今思い出すのよ……」

どうしようもないと首を横に振る琴音。

言い返したい気持ちが湧いてくるが、俺だってこんな状況になるとは思ってなかったんだよぉ。

「俺、どうしたらいいんだ……」

俺があまりの絶望に項垂《うなだ》れていると、特務長が優しく声を掛けてくる。

「大丈夫だよジョーカー君、普段から縄張りにいるわけでもないだろうし。フードか何かで顔を隠せばバレないさ」

「バ、バレませんかね？」

「いけるいける！　それに、今更ジョーカー君を知っているヴィランがいることが判明したところで、君以外の適任者はいないのが現状。任務に変更はないよ」

それって、事実上の死刑宣告では？　渦中に放り込んで、あとはよろしくって言ってるようなものじゃないですか。

放任主義もいいところだ。

「ジョ、ジョーカー。私も頑張ってサポートするから、頑張ろう！」

あ、ダメだ。琴音ですら諦めて前を向いてしまった。

「……頑張ります」

もはやそう言うしかなかった。


三日後。

潜入任務直前にまさかの事実が発覚してしまったが、たった三日で思い浮かぶ身バレ対策は殆どなかった。

最終的に特務長からもらった、裏社会でも浮かないフード付きの服だけが最悪な結果にならないための対策となった。

「臭いが凄いな……」

油と牛乳が混ざって化学反応を起こしたかのような悪臭に鼻をつまんでしまう。

裏社会のひっそりとした歓迎を受けている俺は、潜入任務のために裏社会の入り口とも言える場所に来ていた。

なんてことはない、人気《ひとけ》の少ない路地の一つ。

だが、入り口に立った瞬間、そこから一歩でも前に踏み出せば別の世界なのだと、本能が感じ取っていた。

昼間の時間帯、太陽の光が届いているはずなのに路地の先が薄暗く見えてしまう。

自然と生唾を飲み込んでいた。

異様とも言える状況だったが、だからといって歩みを止めるなんてことはできない。

「ふぅ……行くぞ」

誰に言うでもない、自分に言い聞かせるように呟《つぶや》いた俺はゆっくりと裏社会に潜り込んだ。

薄暗い路地を抜けると、ある程度の広さの道に出た。

特務長から裏社会の話を聞いた時、俺の脳裏をよぎったのは漫画で見るようなゴミだらけで、道ばたに座り込む人達の姿だった。

だが、意外にも俺が踏み入れた世界は違っていた。

確かにゴミはある、だが少し汚いと思える程度。

道ばたに座り込む人は確かにいる、だがある程度には身なりを整えているし、街中を歩いていたとしても違和感がないような人ばかりだった。

思い込んでいたのとは違う光景になんだから肩透かしを食らった気分だ。

「よう、兄ちゃん。新顔だな」

座り込んでいた初老の男がいきなり話しかけてきた。

「今日からな。ところでよく分かったな」

一応の付け焼き刃ではあるが、ある程度服を汚したり姿勢を崩したりとしていたのだが、簡単にバレてしまったことに驚いてしまう。

初老の男は自慢げに笑う。

「分かるさ、身なりはともかく。纏う雰囲気がちげぇ、腐ってねぇんだよ」

「腐る、ね」

「そうだ、お前もこの世界に馴染《なじ》めば嫌でも分かるさ。ここにいるのは俺のようなどうしようもねぇ底辺ばかりだ。だから生きるためにハイエナみてぇに餌を探すもんさ、こうやってな」

そう言うと、男はわざとらしくフンフンを音を立てながら臭いを嗅いでみせる。

なるほど、バレてるわけか。すぐに話しかけてきたのも、これが初めてというわけじゃなさそうだ。

「ご忠告どうも」

「いいってことよ、それよりも……な？　分かるだろ？」

媚《こ》びたような笑みを浮かべると、男が手を出してくる。

「悪いな、金は持ってないんだ」

「おいおい！　そりゃねぇぜ兄ちゃんよぉ……この世界で借りたもんは借りた以上にして返すってルールがあるんだ。この世界でやっていくなら最低限のルールは守らねぇとな？　そうだろぅ？」

男がわざとらしく両腕を広げると、それが合図だったかのようにどこからか数人の男達が現れる。

初老の男とは違い、現れたのは荒事になれたような風体をしている。

ちっ、最初からそういうことか。

「だから持ってねぇって言ってんだろ。お仲間で囲もうがないものはないんだよ」

頼むから諦めてくれ、潜入任務初日に騒ぎを起こすなんて俺は嫌だぞ!?

そんな俺の思いが届くはずもなく、あっという間に俺は男達に取り囲まれてしまう。

「あるかないかは俺達が決めることだ、お前じゃねぇ。この状況が分からねぇほどの馬鹿みてぇだから教えてやるよ」

「はぁ……」

ここでPF能力者だとでも言えば、コイツらは逃げるだろうが、しかしそれは縄張りに見知らぬPF能力者が入ったと標的に知らせるようなものだ。

どうにか切り抜ける方法はないのだろうか……。

「今ここで教えてやるぜ、と言いたいところだが。ここじゃ目立つからな、人目のねぇところに連れてくぞ」

初老の男の指示に、取り囲んでいた男の一人が俺の肩を力強く摑《つか》む。

人目のないところに連れていってもらえるなら好都合だった。俺は大人しく男達に連れられることを選んだ。

男達に連れてこられた場所は、文字通り人気のない開けた場所だった。

「てめぇら！　今日は久しぶりのカモだ！　楽しめ！」

初老の男の言葉を合図に、男達が動き始める。

まさか早々にこんな手荒い歓迎を受けるとは思わなかったなぁ。

俺は小さくため息を吐《つ》いて、拳を握った。

「今度からはご自慢の鼻でしっかりと嗅ぎ分けるんだな」

数分後、あれほど威勢のよかった男達は地面に転がっていた。

最初現れた時よりもボロボロな見た目で、起きる気配はない。

一応、ＰＦ能力者だとバレないように立ち回ったつもりだ。

「さて、さっきは裏の世界で生きていくための教訓を教えてくれたわけだが」

この場で俺以外に唯一意識を保っていた、初老の男に近づく。

男はヒッと悲鳴を上げるが、腰が抜けてしまっているようで地面にへたり込んで逃げられずにいた。

「ついでにもう一つ教えてくれないか？　そうしたら見逃してやるからさ」

こんな弱い者いじめみたいなこと俺だってしたくない。できることなら穏便に済ませた方が互いのためなんだ。

そんな俺の思いが通じたのか、男は首を取れんばかりに上下に振る。伝わってないな、これ。

「な、ななな、なんでも……なんでも聞いてくれ！」

どんだけ怖がるんだよ……。お前の仲間は気絶させたけど、必要以上に痛めつけたりしてないはずだぞ。

ヒーローカリキュラムの必修科目で習った、暴徒を即座に鎮圧させるための技術を使っただけなんだが……。

「ここら辺を縄張りにしている、ドクターって奴《やつ》を知ってるか？」

「し、ししし、知ってる！」

「何もしないから、頼むから落ち着いて答えてくれ。それで、ドクターって奴について知ってることを教えてくれ」

「わ、分かった……。チクショウ、手を出す相手を間違えちまった……」

飛び飛びの情報ではあったが、俺は早くも標的の情報を得ることに成功した。

「なるほど、大体のことは分かった。ありがとうな」

「あ、あぁ……」

「別に悪いことをしに来たわけじゃない、ちょっとドクターって人に興味があってな。だから俺のことは言いふらさないでくれると助かる」

俺はポケットからいくらかの金を出すと、初老の男に握らせた。

ミスターハンマーが必要になるだろうからと、ある程度のまとまった金を用意してくれていたのだ。

「あ、当たり前だぜ！　俺と兄ちゃんの仲じゃねぇか！　俺ぁ口だけはかてぇんだぜ！」

現金な奴だなー。現金だけに……いや、なし。本当に今のなし。そんな子じゃないだろ、俺⁉

既に裏社会の空気に呑《の》まれていたのかもしれないな、きっとそうだ、そうに決まってる。

「俺はもう行くから、次からはもっと穏便にしてくれ？」

「おうよ！　約束するぜ！」

こんなにも信用できない約束事は初めてだよ。

初老の男を残してその場を立ち去った俺は、一度座れる場所に移動すると、聞き出したドクターに関する情報をまとめることにした。

といっても、聞き出せた内容はドクターという存在のプロフィールを掻《か》いつまんだかのようなものしかなかった。

だけどまとめてみると、なんとなくでもドクターというヴィランの存在が影として見えてくる。

「ふ〜ん、孤児達を集めて保護していて。顔を知っている人間は殆《ほとん》どいない、そんでもって独裁的な行動はしていない、というか完全に放置してるな」

確実なのはこれだけ、それ以外にもドクターについて聞き出せてはいたが、確度の低いものばかりだ。

だが、少なくとも孤児を保護する考えを持っているのなら、黒球についても少しは期待を持てそうだ。

とりあえずドクターについての情報はまだまだ足りない、俺は暫《しばら》くの間は情報収集に集中しようと決めると、移動を開始した。

ドクターについての情報を集めてみたが大した成果は得られなかった。

言葉や印象は多少違うところはあったが、最初に聞き出した以上の情報は手に入らなかったのだ。

とはいえ、一日やそこらで進展するとも思っていない。

情報収集する場所を変えようかと思い、移動を開始しようとした時だった。

「ん？」

弱々しい力で服の裾が引っ張られる。

見ると俺の腰ぐらいの身長をした黒い髪の女の子がいた。

ボロボロな白のワンピースは、お世辞にも綺麗《きれい》とは言えず。それだけでこの子の背景が見えるようだった。

「……」

無言だ。

無言で俺の服の裾をしっかりと摑んでいた。

「迷子？」

咄嗟《とっさ》に出た言葉だったが、裏社会のど真ん中で言うには場違いだとすぐに思った。好き好んでこんなところに迷い込む子供はいないだろう。

「……」

案の定、女の子は首を横に振る。

「えっと……名前、とか教えてくれるかな」

腰を落として視線を合わせる。が、女の子の髪は無造作に伸ばされていて目元が完全に隠れてしまっていた。

「……マリシ」

「マリシちゃんか、俺は晴彦っていうんだ。よろしくな」

「……」

マリシは首を縦に振る。

何を思ったのか俺の胸に抱き着いてくる。最初から好感度高いな、これがギャルゲーなら三日で落とせるぞ。

「お父さんか、お母さんは？」

「……いない」

普通だったらそんなわけないだろうとなるんだろうけど、多分言葉通りの意味なんだろ

うな。

俺はできる限り明るく続けた。

「そっか、じゃあお家《うち》はどこかな？」

「……あっち」

迷いなく家があると思われる方向を指さす。

「……だったと思う」

違うんかーい。

「そ、そうか……。帰る場所があるなら送っていくよ？」

流石《さすが》に小さな女の子をこのまま放置するわけにもいかない。

「……帰る、場所。じゃない」

うーん、どうしよう。

こんな危ない場所に放置していくわけにもいかないし、連れていくのもダメだな。なんだったら、俺がこれから向かおうとしてる場所が一番危険とも言えるし。

交番も難しいよな、この子に保護者と呼べる存在がいるのかすら怪しい。

「……」

黒い髪ががっつりと目元を覆い隠しているが、なんとなく視線は俺を捉えているような気がする。

「よし！　俺が責任を持って育てるか！」

前世はともかく、今世は二十歳《はたち》を超えて職に就いている公務員だ。

子供を一人育てるぐらいどうってことない！

それにこんなに小さな女の子を暗い世界から救い出さなくちゃ、ヒーローが廃るってもんよ！

「今日からマリシちゃんは俺の娘だ！　俺をパパだと思っていいんだぞお！」

「……やだ」

「がーん!!　な、なんで!?　自分で言うのも凄《すご》いアレだけど、稼ぎはいい方だと思うから不自由させないよ!?」

「……やだ」

そ、そんなにやなんだね。

マリシから感じる確固たる意思が伝わってきてしまった。

何がいけないんだろうか？　未《いま》だに童の帝《みかど》であることが伝わってしまったのか？

マリシの目的も分からず、四苦八苦していた俺の耳に遠くで会話する声が聞こえてきた。

「……れで……よ」

声を聞いた瞬間、俺はマリシを抱えて細い脇道に隠れた。

「ごめんね、ちょっとだけ大人しくしててくれるかな？」

慌ててはいたが、それでマリシを怯《おび》えさせるわけにはいかない。

できる限り優しく言った言葉に、マリシがコクリと頷《うなず》くのを確認した俺は脇道から少しだけ顔を出す。

「本当にいたのね？　嘘《うそ》だったら覚悟しなさい」

「へい！　大の男がまとめてのされちまったんです、あの尋常じゃない強さは人間じゃねぇ。ぜってぇシルヴィアさん達と同じ能力者です！」

「はいはい、分かったから早く案内しなさい」

聞き覚えのある声だと思ったが、やっぱりか。

俺が先ほどまでいた場所のすぐ近くで、シルヴィアが最初に絡んできた初老の男と並んで歩いているのが見えた。

つか、あの野郎……。ご自慢の堅い口はどうしたんだよ、ガバガバじゃねぇか。

「ドクターを探してるってことは他から送り込まれた密偵かもしれないわね……。まったく、どいつもこいつも……」

「――ッ⁉」

「シ、シルヴィアさん達には感謝してんですぜ？　だからこうして俺も体を張って情報を集めたんですよ、へっへっへ」

違うだろ、滅茶苦茶《めちゃくちゃ》金目当てだったじゃん。なに忠犬気取ってんだハイエナめ！

速攻でシルヴィアに感づかれてしまったのは失敗かと思ったが、これはチャンスだ。

「……」

チョンチョン。

シルヴィアの口ぶりからして標的であるドクターと、なんらかの関係を持っているということだ。

「……」

ペチペチ。

シルヴィアをこのまま尾行していけば、ドクターじゃなくても有益な情報にありつけるかもしれない。

前回のこともあり、今見つかってしまうのは得策じゃない。

「……」

グイー、グイー。

「……」

簡単に取れてしまわないように、フードを深く被《かぶ》る。

「……」

あ、だがマリシはどうする……。シルヴィア達が穏健派で民間人を故意に傷つけたりしないことは知っているが、俺と一緒にいれば仲間だと思われてしまうかもしれない。

そうなれば多少なりとも手荒な目に遭う可能性が……。

「……」

ダダダダダダッ！

思考に没頭していた俺の背中を突如強い衝撃が襲う。

「うぁあっ⁉」

大の男が殴った以上の衝撃に吹き飛ばされるようにして、隠れていた脇道から飛び出してしまう。

受け身も取れずに、ヘッドスライディングを決めた俺は痛みに耐えながら背中を見やる。

背中には抱き着くようにしてピッタリとくっ付いているマリシの姿があった。

「……」

「ち、ちょっ⁉」

混乱しながらもすぐさま起き上がろうとした俺だったが、一足遅かったようで。

「あ、ああああああ！　あいつですぜシルヴィアさん！　あいつが例の男でさぁ！」

初老の男の絶叫にも似た大声が響く。

くそっ！　やっぱりあの時お仲間同様気絶させておくんだった！

後悔するが後の祭りだった。初老の男が気付いてシルヴィアが気付かないなんてことはなく。

「へぇ、貴方《あなた》がドクターのことを嗅ぎ回ってる暴れん坊ね？」

久しぶりに聞いたシルヴィアの声に、ドキリとしてしまう。

だが、幸いにもフードは外れていない。シルヴィアも俺の正体に気付いてはいないようだ。

なら、俺が取る行動はこれだ！

「ひ、人違いでやんすよ？」

「バレバレな嘘吐《つ》いてんじゃねぇ！」

「……晴彦君、面白い」

「あ、ちょ。マリシさん、俺の完璧な変装がバレちゃうでしょ!?」

せっかく上手《うま》くいきそうだったのに！

「どこが完璧な変装なのかしら？　晴彦君？」

シルヴィアの冷たい声で名前を呼ばれたことに、ちょっと嬉《うれ》しくなっちゃった。

そのおかげか、平静を取り戻した俺は未だに態度の変わらないシルヴィアに疑問を浮かべた。

まだ正体がバレてないのか？

「黙ってないで何か言ったらどうなの、晴彦君」

そうか、顔もヒーロー名も知られてはいるが、名前はまだバレてなかったんだ。

それならまだいける！　まだ舞える！

「い、いやぁ～。べっぴんさん過ぎて言葉が出ないだけでやんすよ～」

「あら、私の顔を見ないでよく言えるわね。まるで私のことを知っているみたい」

「ち、ちちち、違うでやんすよ⁉　み、見なくても分かるほどにオーラが凄いってことでやんす！」

「……」

ゲシッ！　ゲシッ！　といきなり俺を蹴り始めるマリシ。

や、やめてマリシさん！　なにか不機嫌になるようなことでもあったのか⁉

後で美味《おい》しいの買ってあげるから今は勘弁して！

「……この子は？」

「いえ、俺達がやられた時はいなかったですぜ。身なりからただの孤児かと」

「そうなの……ねぇ、晴彦君」

「は、はいでやんす！」

「……キャッ」

マリシの小さな悲鳴と同時に、蹴りの嵐が止《や》む。

「この子と仲よさそうね。こんなにも細い腕だったら、少しの力で折れると思わないかしら？」

シルヴィアの言った言葉の意味を理解した瞬間、視界が赤く染まるような感覚がした。

「や、やめろっ！」

まるで血が沸騰しているように、全身が熱くなったのは気のせいじゃない。

立ち上がった勢いでフードが外れることも気にせず、俺はシルヴィアを睨《にら》む。

「あら、いい反応ね。最初からそうすれば良かったのよ……。やっぱりこの子が大切なのかしら？」

挑発するような笑みを浮かべるシルヴィア。

「それだけじゃない！　俺はお前がそんな汚いことをするのが許せないんだ！」

確かにマリシは大切だ、出会ったばかりだとかは関係ない。か弱い子供が傷つくのは許せない。

同時に、シルヴィアが子供を傷つける姿を見たくなかった。俺の中にある何か大事なものが、黒く汚されるような感覚だった。

「シルヴィアみたいな綺麗《きれい》な人が、子供を傷つけるとか言ってほしくないんだ！」

「は、はぁ!? 何を言い出すかと思えば、そんな馬鹿げた理由で、て……」

「なんだよ、言い返したいなら遠慮せず言ったらいいだろ」

俺の中で渦巻く何かを言葉にすることはできない。だけど今はそんなものを気にする必要はない。

激しく波打つ感情は、本人の視野を狭める。シルヴィアの続く言葉に、俺はまざまざと実感させられた。

「そうね、あの時はよくもって……ところかしら？」

「へ？」

あの～シルヴィアさん？　その背中に広がるどす黒いオーラはなんなのでしょうか。

月並みな表現で恐縮ですが……凄《すご》く、怖いです。

「この日をどれほど……どれほど待ちわびたことか……」

ゆっくりとした動作で、腰に差していたいつぞやの刀を抜くシルヴィア。

あれほど高まっていた感情はどこへやら、すっかり冷め切って息を潜めようとしていた心臓がキュッとした。

「なんか凄いことになってるな、お嬢ちゃん。何か知ってるか？」

「……？」

コテンと首を傾《かし》げるマリシ。

「シルヴィアさんがあんなに怒りを見せるなんざ、見たことがねぇよ。晴彦、とか言ったな。いったい何をしたんだ？」

「……」

「お嬢ちゃんにも分からねぇよな。飴《あめ》ちゃんいるか？　さっき買ってきたんだ」

「……ありがと」

「お！　お礼が言えるなんざえれぇ嬢ちゃんだぜ。感謝を言えるってのは良いことだ」

「……うん」

い、いいなぁ。滅茶苦茶ほのぼのしてるじゃん。

まるで親戚の家に遊びに来た姪《めい》っ子と遊んでるみたいで、見てるだけでこっちまで落ち着く光景じゃん。

「私を前にして余裕ね、ジョーカー？」

や、やだなぁ。滅茶苦茶怒ってるじゃん。

まるで親の敵《かたき》を目の前に積年の恨みを晴らそうとしているみたいで、立ってるだけで足がガクブルしちゃうじゃん。

「は、話し合おう！　俺達ならできるはずだシルヴィア！　自分の可能性を閉じないでシルヴィア！」

「何を話し合おうというのかしら、まさかこの期に及んで許してもらえるとでも思ってるの？」

ギチギチと音を立てながら刀を握りしめたシルヴィアが、一歩、また一歩と近づいてくる。

「フフ、フフフ。やぁっとあの悪夢から、解放される……」

いやあああああ！　誰か助けてえええええ！

「シルヴィアー？　僕、ずーっと待ってたのに全然来てくれないじゃん！」

この場の空気を一切無視した第三者の声。見るとそこにはシルヴィアと同じ白髪の少女がいた。

健康的な小麦色の肌、幼い見た目に反した布面積の少ない服を着た少女を見た俺は、思わず声を上げてしまった。

「え、だれ？　どうして僕を知って……あ、あああああ！　ジョーカーじゃん！　どうしてここに？」

「パ、パイモンッ！」

頼れるのはパイモンしかいない！

俺は口を開くよりも走り出していた。

「待ってたぞ俺の天使ぃいいいいい！」

「うぇえっ⁉　変なこと言いながらこ、こっちに来ないでよ！」

関係あるか！　なりふり構ってられる状況じゃないんだよ！

あ、こら！　逃げるな！

「そんなこと言わずにぃ！　俺とパイモンの仲じゃないか！」

「いぃいぃいい！　シ、シルヴィア助けてぇ！」

そう言いながらパイモンはシルヴィアの背中に隠れてしまう。

「任せなさい、そいつの首は私が絶対に斬り落とすわ」

チッ、本能的に安全な場所に逃げ込みやがったか。

「べーっだ！　ジョーカーなんてシルヴィアにやられちゃえばいいんだよ！」

「やられてたまるか！　パイモンまで辛辣過ぎないか⁉」

「当たり前だよ！　ジョーカーみたいな変態なんて死んじゃった方が世のため人のためだよ！」

「な、なんて酷《ひど》いことを……。畜生、少しの間会わないだけでここまで心の距離が広がってしまうとは……」

だが、一度広がった距離だろうとまた縮めればいいだけだよな！

「よぉしパイモン！　不安がることはない、俺とまた仲良くなればいいんだからな！」

「指をクネクネ動かさないでよ！　そういうのが変態だって言ってるのが分からないの⁉」

「はっはっは！　照れなくてもいいんだぞぉ？」

「ぁああもうっ！　話が通じな過ぎるよ！」

そのまま言い合いに発展するかと思ったが、パイモンがあることに気付く。

「ジョーカーってヒーローだよね、どうしてこんな場所にいるの？」

こいつ、変なところで勘が良いな。

パイモンの一言で、今まで騒がしかった空気が一瞬にして静まる。

「あぁ⁉　この野郎がヒーローだってぇ……？」

「……ヒーロー」

しまった、ハイエナ男とマリシにもバレてしまった。

マリシはともかく、シルヴィア達以外にも素顔がバレてしまうのはまずい。

シルヴィア達に見つかってる時点で既に潜入どころの話でもないが、それでも隠せるなら隠しておくに越したことはない。

ハイエナ男の口の軽さは既に確認済み、こいつをこのまま野放しにしてたらネットニュース並みに拡散されていてもおかしくないぞ。

「確かドクターのことを嗅ぎ回ってるって言ってたわよね？」

「へ、へい！」

「え、ぇえ⁉　それってドクターを捕まえに来たってこと⁉」

条件付きではあるが、特務長からの命令の一つに標的の確保も含まれていた。

だが、ここで馬鹿正直に言うわけにもいかない。言ったらシルヴィアとパイモンだけじゃない、あのパトラまで出てくるかもしれない。

「ち、違うぞ！　捕まえに来たわけじゃないんだ！」

「じゃあ何さ！　言ってみなよ！」

さっきまでとは打って変わり、パイモンが敵対者に向ける目で見てくる。

しかもシルヴィアも冷静さを取り戻してしまい、俺の一挙一動に注意深く警戒していた。

どうしたらこの場を収めることができるんだ？　無理だろ……。

いや、まだ道はあるぞ。シルヴィア達がここまでの反応を見せるのは俺がヒーローの肩書を持っているからだ。

二人の口ぶりからドクターとの関係も深いと見える、それなら。

「じ、実は俺、ヒーロー辞めたんだ！」

「「……は？」」

ポカンとして俺を見る二人、次いでお前なに言ってんの？　とでも言いそうな表情だ。

まだ半信半疑みたいだ、ならダメ押しの一手。

「シルヴィア達に色々したのが問題みたいで……それで、な」

「「あぁ～」」

合点がいったとばかりに頷《うなず》く二人。

上手《うま》く誤魔化《ごまか》せて嬉《うれ》しいはずなんだけどね、不思議と悲しくなってきたよ。

「……自分で言っておいてなんだけど、凄い納得してるね」

「あ、あはは～。そんなこと～ないかな～？」

「あら、私はいつかそうなると思ってたわよ」

「シルヴィア！　本当のことでも言っちゃダメなことがあるんだよ！」

おい、それってパイモンも同じことを思ってたってことだろ。

変に気遣われる方が余計に傷つくわ。

だがしかし、心に多少のダメージは負ったがどうにか誤魔化せた気がするぞ。

「だからここら辺を仕切ってるドクターって人に会いに行こうとしてたんだよ、ＰＦ能力者として戦闘力なら自信あるし」

「そうだね、ジョーカーって人としては最底辺だと思うけど、パトラと戦っても生きてるぐらいだし」

ここでパトラの名前も出てくるのか。

前に襲われた時もシルヴィア達と関係ある口ぶりだったから予想はしていたが、俺が思っている以上に親しいのかもしれないな。

「あの鞭《むち》は滅茶苦茶《めちゃくちゃ》痛かった、もうやり合いたくないな」

「だよね～、怒られた時とかすっごく怖いんだー。もうこんなんになってカンカンだよ！」

両手で鬼の角を作りながら、可愛《かわい》らしい顔を一生懸命怖い顔にするパイモン。

「戦うこと以外もヒーローのカリキュラムを一通り受けているからな、ある程度役に立てると思うぞ」

「いいね～、意外と男のＰＦ能力者っていないし。荒事もできる人とかレア中のレアだったりするんだよ、だから僕的には大歓迎！」

「炊事洗濯もできるぞー！　俺ってかなり家庭的！」

「おー！　家庭的ー！」

「ダメよ」

ぴしゃりと言い放つシルヴィア。

二人でわーいと喜びを分かち合っていた俺とパイモンは、両手をバンザイした状態でシルヴィアに目を向ける。

「うぐっ」

俺に向けられたシルヴィアの拒絶するような視線に、思わず喉を呻《うな》らせてしまった。

「もう！　どうしてダメなのさ、シルヴィア！」

パイモンが食ってかかるが、シルヴィアの態度が崩れることはなかった。むしろ余計に険しい表情になっていく。

「コイツが嘘《うそ》を吐《つ》いてドクターに近づこうとしているかもしれないのよ、危険過ぎるわ」

はい、シルヴィアさん正解です！

「そ、それはそうだけど……。ジョーカー、嘘吐いてないよね？」

うわーお、すっごい純粋な目で見てくるじゃん。凄《すご》く心が痛いです。

後で土下座でもなんでもして謝るしかない。

「ジョーカー、ウソ、ツカナイヨ」

だから今は全力で騙《だま》させてもらうぞ！

「ほら！　ジョーカーだってこう言ってるもん！」

俺の完璧な演技を信じたパイモンが目を輝かせて、シルヴィアに俺の無実を訴えかける。

お前、本当に良い奴《やつ》過ぎない？　心配になってきたぞ。

知らないおじさんに飴玉《あめだま》一つで誘拐されていくパイモンの姿がありありと想像できた。

あ、大丈夫だ。ＰＦ能力者だし簡単に返り討ちしてるところも鮮明に想像できた。

「……なんだか嘘っぽいわよ」

「ソンナコトナイ、ジョーカー、ウソキライ」

「嫌いだって言ってるじゃん！　少しは信じてあげてよ！」

流石《さすが》シルヴィア、俺の演技に生まれる微《かす》かな綻びを目敏《めざと》く見つけてくる。

が、ここで言い訳をしたところで余計に怪しまれるだけだ、疑われている時こそ余計な口は開かないのが正解だ。

幸い、俺には頼れる天使のパイモンがいる。俺が弁明しなくても彼女がやってくれるだろう。

「……やっぱりダメよ、元とはいえヒーローだったことに変わりはないわ。私達の敵だったのよ、簡単に信じられるわけないわ」

やはりヒーローという肩書がシルヴィアの中でつっかえ棒のようになっているのか。

仕方ない、ここは無理せず見逃してもらうことだけを考えた方がいいのかもしれない。

「でも……。いいの？」

「……なによ」

「ジョーカーだけは違うって、シルヴィアも感じてるんでしょ？　それなのに……」

どこか悲しそうな表情で言うパイモンに、シルヴィアの体がピクリと反応する。

「俺が違うってなんのことを言ってるんだ？」

パイモンに聞いたつもりだったが、シルヴィアが先に口を開いた。

「貴方《あなた》には関係ないわ」

おい、おもっくそ俺のことを言ってただろ。

「ジョーカーが本当にヒーローを辞めて、ヴィランって呼ばれるようになったら分かるよ」

「それはどういう……」

「分かったわよ」

せっかくパイモンが答えてくれたのだが、返ってきた答えは要領を得ず、さらに聞き返そうとしたところで俺の目の前に刀が振り下ろされる。

予備動作すら見えずに目の前を通過する刀は、一瞬だけ本当に斬られたと錯覚するほどだった。

「ドクターのところに連れていく。だけど少しでも変なことをしたら叩《たた》き切るから」

納得していないことを隠そうともしないシルヴィアが、どうして意見を変えたのか分からないがとりあえずはこの修羅場を乗り切ったようだ。

「き、気を付ける」

「やったぁあ！　新しい仲間が増えるぞー！」

「まだ決まったわけじゃないわ、ドクターもそうだしパトラだって認めるとは思えないもの」

「大丈夫！　ドクターは分かんないけど、パトラはジョーカーのこと案外気に入ってる感じだったし！」

潜入一日目にして標的と早速のご対面か、案外俺は潜入とか密偵に適性でもあるのかもしれないな。

特務に戻ったら琴音に俺の武勇伝として自慢してやろう。

「……俺、何か忘れてる気がするんだが」

「……」

シルヴィア達に道案内をしてもらって移動しようとした時、俺は頭の隅で何か引っかかりを覚えていた。

なんだったかなぁ……。

「別に忘れてるならそれでいいんじゃないのかな？　忘れるってことはそれほど大したことじゃないってね！」

いや、忘れてたらダメだから頭が警告してるようにも感じるんだが。

「ねぇ、早くしてくれない？　私達も暇じゃないのよ」

さっさと移動したいのか、つま先で地面を叩きながらシルヴィアがせっついてくる。

やば、女の子の日だからか分からないが、今日のシルヴィアは不機嫌のジェットコースターのように上がり下がりが激しいようだ。

「そうだな、またすぐ思い出すか」

とりあえず今の優先順位はドクターに会うことだ、俺は頭に残るモヤッとした不快感を無視して先を歩き始めたシルヴィアの後ろに付いて歩く。

「……」

ダダダダダッ！

数歩、歩いたところでシルヴィアの足がピタリと止まる。

「シルヴィアどうしたの？　急に立ち止まって」

パイモンの問いかけに答える前に、シルヴィアが俺の方を向く。

「忘れていたわねジョーカー。貴方が連れていた女の子はどうしたのかしら？」

「あ」

ドッシーン！

シルヴィアから淡々と言われた言葉に、俺が思い出すのと同時に背中に感じる本日二度目の衝撃。

「うぁああ！」

一度目よりも威力の上がったマリシの突撃によって突き飛ばされた俺は、そのまま目の前にいたシルヴィアに勢いのままぶつかってしまった。

そのまま押し倒す形で倒れ込んだ俺は、慌てて起き上がろうと両手を地面に突き出した。

もにゅん
だが、突き出した手に感じたのは硬いアスファルトではなかった。

触った瞬間に分かった、俺はこの感触を覚えている。

「……」

「……」

俺はシルヴィアに跨《また》がって覆《おお》い被《かぶ》さるように見下ろし、そしてシルヴィアは見上げるようにして互いの目と目が交錯する。

多分、俺はこのあと死ぬのだろう。

両手で鷲摑《わしづか》みにしているシルヴィアのおっぱいは、前に触った時となんら変わらず、俺の無粋な両手を受け入れてくれた。

持ち主が受け入れてくれるかは別問題だが。

「……あのですね、シルヴィアさん。この状態でこれを言うのは非常に言い訳っぽく聞こえると思うんですが、わざとではないんです」

「……」

あれ、反応がない。ただの屍《しかばね》か？

もにゅもにゅ。

いいえ、これはおっぱいです。

「……なので、できれば穏便に。そして平和的な解決を望みます」

「……」

ダメだ、反応がない……ハッ！　もしかしたら押し倒した衝撃で心肺が停止しているのかもしれない！

俺は急いで耳をシルヴィアの胸に押し当てて鼓動を確認した。

トクン、トクン。

よかった、心臓は止まっていないな。

頬に感じるおっぱいの感触を楽しみ……じゃなかった、心臓の鼓動を確認した俺は安堵《あんど》のため息を吐いた。

「……しかし、反応がないのは少し心配だな」

不安になる心を落ち着けるために、目の前の素晴らしきおっぱいに顔を擦《こす》り付ける。

スリスリ、スリスリ。

ん〜、落ち着く。

「死ね」

「スンドゥブッ⁉」

股間に強烈な一撃を受けた俺の意識はそこで途切れた。

2章　ドクター

「とうっ！」

子供の姿をした俺が、公園の滑り台の頂上から威勢のいい掛け声と同時に飛んだ。

子供の体格からすれば、遊具の滑り台一つをとっても見上げる大きさだ。

そんな子供なら怖がってしまう高さから飛んだ俺は、怪我《けが》をすることもなく着地に成功する。

「凄《すご》いよ幡部《はたべ》君！」

パチパチと手を叩いて驚いたように声を上げるのは、黒い髪の同年代ぐらいの少女。

柄や装飾がない、白一色のワンピースをはためかせながら少女が駆け寄ってくる。

「凄いだろ！」

「どうしてこんなに高い所から飛べるの？」

「俺が未来のヒーローだから！」

「ヒーロー？」

初めて聞いた単語のように、少女がオウム返しで聞いてくる。

「ヒーローってのはすっげぇんだ！　悪い奴《やつ》と戦ったり、みんなを守ったりする人気者なんだぜ！　俺は将来ヒーローになって、みんなを助けてちやほやされるんだ！」

「……いいなぁ」

ぼそりと、漏れ出るように少女は呟《つぶや》くと慌てて両手で自分の口を隠した。

「――ちゃんは将来なにになりたいの？」

「分からない……わたし、外に出たことが殆《ほとん》どないから。外に何があるのか、分からないの」

少女の表情が曇る。まるで親と逸《はぐ》れて震えている子犬のような少女の頭を、気が付くと撫《な》でていた。

どうして頭を撫でられているのか分からないと、少女が面を上げる。

「漫画とか小説は呼んだことある？」

「ある」

少女はゆっくりと頷《うなず》いた。

「漫画とかで好きな人とかいる？」

「……いる。いっぱい」

「どんな人達なの？」

「えっとね、きれいな羽の女の子、お空をいっぱいとんで楽しそう」

「いいね！　俺も空を飛んでみたい、空から世界を眺めて……きっと気持ちがいいんだろうなぁ」

「あとね、足のはやい女の子、一番はやくて、元気なの」

「あ、足が速いな！　足が速いなんて羨ましいなぁ！　だだだだだっ！　て走れたら気持ちいいんだろうなぁ」

「あと、まっすぐな女の子、つよくて、嘘《うそ》がきらい」

「えっと……う、嘘はよくないからな！　悪い奴をばったばったとなぎ倒せたら、気持ちいいんだろうなぁ」

「感想……」

「え？」

「一緒。全部、気持ちいい」

俺はギクリとしたが、表情を鉄の意思で固めて笑った。

「あは、あははは……。つ、次は？」

「次……ない」

そう言って顔を下げてしまう少女の頭を再び撫でる。

サラサラとして、自分のようなごわごわとした髪とは全くの別物だった。

「全部、なれるといいね！」

「なれるって、何に？」

「決まってるでしょ？　空を自由にどこまでも飛べて、速い足でどこまでも走り抜けられて、嘘が嫌いでまっすぐで未来の可愛《かわい》い――ちゃんだよ！」

内心決まったと思っていた、脳内では俺の言葉に感涙する少女の姿。

だけど、少女が見せた反応は予想外にも不安だった。

どことなく気まずい空気が流れて、ようやく口を開いたのは少女の方だった。

「……いいの？」

「なにが？」

「わたし、わがままな子になっちゃうよ？」

真面目な子が門限を目の前に不安がるように、少女はそれが無条件で悪いことだと考えているようだった。

「わがままでもいいだろ？　だって――ちゃんは良い子なんだから！」

「わたし、良い子なの？」

「良い子の――ちゃんはもっといっぱい幸せにならなくちゃいけないんだ！」

「はたべ君と遊べるから、わたし幸せだよ？」

「ダメだ、ダメだ！　こんなんじゃ足りない。世界はもっと凄いことでいっぱいなんだ、俺は――ちゃんにそれを見てほしいんだ」

この時、俺の中にあったのは透き通る水ではなく、泥と砂利の混ざった不純な色をしていたのだと思う。

少女は一度俯《うつむ》き、ゆっくりと顔を上げて俺を見る。

「……わたし。わがままになってみるね」

少女は晴れ晴れとした、春陽のような笑顔を浮かべていた。

少女が浮かべる自然な笑顔を見たのは、これが初めてだった気がする。

「何か欲しい物が見つかったの？」

「……うん、すごく欲しくなったの」


「あれ？　ここはどこ、俺は誰？」

いつの間にか眠っていたらしい。目を覚ますとそこは白い部屋だった。

アルコールが他の匂いを消し去っているようで、一瞬だけ自分の鼻がおかしくなったのかと思ってしまった。

ベッドから体を起こしてあたりを見回す。

薬品が綺麗《きれい》に並べられた棚、心電図をはじめとした病院で目にする機器、俺がここを病院の一室だと思い込んだのも当然だった。

「起きたかね？」

誰もいないと思っていたところに、落ち着いた女性の声が耳に届く。

声の主を見ると、深緑色の髪を波打つように腰まで伸ばした長身の、男なら誰もが目を奪われるほどの綺麗な女性がいた。

白衣を着ているところを見ると、この人がここの主《あるじ》なのだろうか。というか、さっきのお約束のセリフ聞かれてたのかよ。

「えっと、俺はどうしてここに？」

「おや、シルヴィア達と一悶着《ひともんちゃく》あったと聞いていたが……。覚えていないのかね？」

……そういえばそうだった。

思わず唯一無二の相棒を確かめたい衝動に駆られてしまったじゃないか。

「ふむ、一時的に記憶が混濁していたようだ。今はしっかりと思い出せているようだし、問題なかろう」

女性はそう言うとポケットからタバコを取り出す。

「ここ病院ですよね、大丈夫なんですか？」

別のポケットからライターを取り出そうとしたところで俺が言うと、女性は疑問を浮かべた。

「何を言っているのかね、私は科学者であって医療従事者ではないよ」

どうやら俺の勘違いだったようだ、ということはここ自体が病院という前提から間違っていたのか。

俺が一人納得している間に、女性はタバコをくわえると慣れた手つきで火をつけてしまう。

タバコをくゆらせたことに満足したのか、女性が口を開く。

「そういえば名乗っていなかったね、私はドクターと呼ばれている。君の尋ね人だよ」

ふー、と紫煙を軽く吐き出したドクターはまるで世間話をしているようだった。

まさか今回の潜入任務の標的が自分から出てくるとは思っていなかった。というか、こんなにも美麗な女性だったのか。

何を考えているのか悟らせない表情をしたドクターは、その立ち居振る舞いを見ても他の人とは違うと感じさせられた。

「それで、君の名前は？」

「シルヴィア達から聞いてないんですか」

俺がここにいるということは、シルヴィア達がここに連れてきた以外にない。

「聞いている。だが初対面なら自己紹介をするのがマナーとは思わないかね？　私が言うのもおかしな話だとは思うがね」

「俺の名前はジョーカー」

「君はもはやヒーローではないのだろう？　本名を名乗りたまえ」

「……幡部晴彦《はるひこ》。シルヴィア達はどこにいるんだ？」

「彼女達なら用事を頼んでたところだ、もうすぐ戻ってくるだろう」

タイミングよく病室のような部屋の扉が勢いよく開かれ、シルヴィアとパイモンが入ってくる。

「ドクター戻ったよー！」

「最近あの手の輩《やから》が増えて面倒だわ」

「ご苦労様、ちょうど彼が目覚めたところだ」

ドクターの言葉にパイモンは嬉《うれ》しそうにし、シルヴィアは眉間に皺《しわ》を寄せた。

そこまで邪険にしなくてもいいと思うんだ、おっぱいを揉《も》んでしまった時だって元をたどれば、マリシが急に後ろから突撃してくるのが悪いのであって……。

「そういえばあの子はどうしたんだ？」

「あの子って、ジョーカーと一緒にいた女の子？」

パイモンが不思議そうに答える。まさかとは思うが、俺の仲間だと思われてマリシも捕まってたりするのか？

「その子ならそこにいるじゃん」

「どこだよ？」

「そこだって……。気付いてなかったの？」

パイモンは俺に掛けられていた真っ白な布団を捲《めく》る。

や、止《や》めるんだパイモン！　一緒に寝たいからってそんな大胆な……って、あれ？

捲られた布団の中から黒い物体がひょっこりと顔を出してきたのだ。

「マリシ、ここにいたのかよ……」

子供とはいえ、女の子と一緒のベッドで寝ていたのか。

ま、マリシのパパになることを一度は決意した俺だ。これはこれで親子と言えなくはないよな。

「……おはよう」

まだ完全に覚めきっていない様子で目を擦《こす》っているマリシ。

一応ここにいる全員PF能力者だったりするし、目の前にいるのは一応指名手配犯でもあるのだが、そんなことを知らないマリシはマイペースなものだった。

「おはよう、マリシも付いてきたんだな」

「……うん」

「ジョーカー！　この子大変だったんだからね！」

怒った表情のパイモン。何が大変だったというのだろうか。

「ジョーカーがシルヴィアにやられちゃった後、僕がここまでジョーカーを運んできたんだよ」

「そうか、手間を掛けさせて悪かったな」

やはり俺をここまで連れてきたのはパイモンだったか、面子《メンツ》的に見てもシルヴィアはむしろ縄で俺を引きずりそうだし、マリシは小さ過ぎる。

流石《さすが》パイモン、口では色々言うが結局は見捨てないなんて良い奴《やつ》だな。

「それでジョーカーを運ぼうとしたらさ、この子が付いていくって話を聞かないんだもん！　ジョーカーに引っ付いで駄々《だだ》をこねてたんだよ」

「そうなのか？」

マリシの方を見る。

「……？」

なんでマリシまで疑問符なんだよ。

「本人は思ってないかもしれないけど、僕達大変だったんだからね」

「ちなみにだがパイモン、どれぐらい駄々をこねていたんだ？」

もしかしたらパイモンが大げさに言っているだけで、スーパーのお菓子売り場の名物みたいな感じかもしれない。

欲しい物を前にした子供の行動力は侮れなかったりするが、総じて可愛らしいものだろ。

「ジョーカーのズボンが脱げて、パンツも半分脱がされかけてたかな」

「マリシさん？　君の目的を聞こうじゃないか、俺達は分かり合えると思うんだ」

なに？　社会的に俺を潰したいの？

「……連れていかれたら、マリシはいい子だ。危ないと思って」

「俺が間違ってた、マリシ。ありがとうな」

疑って悪かったなマリシ。

「流石に僕もジョーカーの、その……アレ、とか。見たくないし……ね」

サクランボのように頰《ほお》を赤く染めたパイモンが、言葉を濁す。

別に俺がナニカをしたわけではないんだが、どうしても犯罪めいた罪悪感を覚えてしまった。ごめんね？

「因《ちな》みにだが、君がここに運び込まれて来た時は下着以外なにも身に着けていなかった」

ドクターが淡々とした口調で事実のみを告げる。

ん〜、どうして下着だけ？　上着とかは……。

「でもパイモンが、って俺半裸じゃん！」

全く気が付かなかったが、今の俺はパンツ一丁だった。

状況やら気絶してる間に起きた話やらで全然気にも留めなかったのか……。

ドクター、シルヴィア、パイモン、一応マリシも含めれば女性達の前に俺は裸体を惜しげもなく披露していたのだ。

「……どうして？」

ズボンは分かる。マリシが取ったから。

じゃあそれ以外は⁉

ここでも俺の疑問に答えてくれたのはパイモンだった。

「僕がジョーカーを引きずってる時にマリシがせっせと脱がせてたよ」

「……がんばった」

誇らしげにVサインを見せてくるマリシ。

「俺がパパになるって言ったのがそんなに嫌だった？」

まさかマリシの目的は本当に俺を社会的に潰すことだったのか⁉

……つまり、俺はここに連れてこられるまでの道中、裏社会をパイモンほどの美少女に、パンツ一丁で引きずられていたというのか⁉

終わってるじゃん、俺の社会的な色々がボロ雑巾のように完膚なきまで汚されちゃってるじゃん。

「もうお嫁に行けない！」

「お嫁枠で行くつもりなのかね？」

「ドクター、そこは突っ込むところじゃないわよ」

「あ、あはは〜。僕もなにか着せた方がいいんじゃないかなって思ってたんだけどね〜」

目線を外しながら気まずそうな様子のパイモン。

そう思うならなにか着せてくれても良かったじゃん、わざわざパンツ一丁の状態をキープしなくても良かったじゃん。

「だけどシルヴィアが……」

「こんな下半身で頭がいっぱいな男に服なんて必要ないわよ、むしろ本望でしょ？」

「……って、言ったからさぁ」

まるで汚物を見るような目で俺を見るシルヴィア。

「本望なわけあるか！　むしろそんな状態の俺を引きずってたパイモンの方が変態に見られてたはずだぞ！」

「っは⁉　確かに！　だから途中で運ぶ役の交代とかしてくれなかったんだね、シルヴィア！」

パイモンの責める物言いに、シルヴィアはぷいっと明後日の方を向く。

うわ、まさかコイツ分かっててやったな……。

「し、仕方ないじゃない。たとえコイツが服を着ていたって交代しなかったわよ！」

「嘘《うそ》だ！　だって脱がされたジョーカーの体をチラチラ見てたじゃん、僕知ってるんだからね！」

「み、みみみみみ！　見てないわよ！」

お、おう……。そこまでさっきのパイモン以上に顔を真っ赤にしてそんな反応を見せられると、俺もどう返したらいいのか分からないぞ。

「シルヴィアのむっつりすけべ～！　ジョーカーのことを変態ってよく言えたよねー！」

「シルヴィア、そういうことならもっと早く言うべきだ。彼の体には私も興味があったからな」

「ドクターまでそんなこと言わないでよ！　本当に！　本当に興味なんかこれっぽっちもないわよ！」

「恥ずかしがることはない、ＰＦ能力者に欲求があるように個人の趣味嗜好は尊重されるべきだからね、多様性を受け入れられないほど器の小さい私ではない」

「だから違うって言ってるでしょ！」

当事者で、一番の被害者でもある俺を放って白熱する言い合いに、俺は感動を覚えていた。

俺の裸一つで、三人の見目麗しい女性達があーだこーだ言っているのだ。これほど嬉しいことはない！

「……はるひこ、泣いてる。痛いの？」

不安そうに俺を見つめるマリシ。どうやら俺は感動のあまり涙を流していたようだ。

「違うんだよマリシ、これは……そう。幸せの涙なんだ」

「……幸せ。いいことあったの？」

「そりゃもう。世の男が血涙を流して羨ましがるぐらいのいいことがあったんだ」

ベッドの上ということもあり、ちょうど手の置きやすい位置にあるマリシの頭を撫《な》でる。

マリシの頭は撫でやすいというかなんというか、無性に撫でてやりたくなるんだよな。

「随分と……賑《にぎ》やかね」

ゾクリとした。

ここにいないはずの声に、反射的に体に力が入る。一度の戦闘で一方的に敗北し、死の一歩手前まで追い詰められた時の記憶を体が覚えていたのだ。

シルヴィア達が入ってきた入り口に立っている赤髪の女性を見る。

「パトラ……」

「お久しぶり」

あの時と変わらない姿で妖艶に微笑《ほほえ》むパトラが、知り合いに会った時のように気軽な口調で挨拶をしてきた。

「貴方《あなた》との再会がこんなところになるとは思っていなかったわ、もう少し劇的な場面が良かったわね」

「こんなところで悪かったね、一応私の城でもあるんだが」

「あら、それは言葉の綾《あや》よ。気にしないで」

パトラの登場で食材を焼く直前のフライパンのように熱せられていた俺達は、雪山に放られたように一気に冷めた。

そして、俺の目の前には四人のヴィランが並んでいた。その内の一人はここらを縄張りにする、今回の任務の標的であるドクター。

もう一人はヒーロー機関でも名を知られているほどのヴィランであり、赤い鞭《むち》というPF能力から赤鞭と呼ばれるパトラ。

シルヴィアとパイモンはそこまで知られているわけじゃないが、それでも複数のヒーローを相手にして無傷で撃退してしまうほどの猛者《もさ》だ。

逆立ちしようが太刀《たち》打《う》ちできないと断言できるだけの戦力が集まっていた。

「ごちゃごちゃしてしまったが、これで話が進められるな」

ドクターはそう言うと二本目のタバコを取り出して口にくわえる。

「……すぅ、すぅ」

因みにだが、マリシは俺の膝を枕にして夢の世界に旅立っていた。

髪で目元は見えないが、寝息と胸の上下が一定のリズムでループしている。

「君の目的を聞こう。なぜ私を探していた？」

「ヒーローを首になって、行く当てがなくて――」

「それは本当かい？」

ドクターは嘘だと分かっているかのように、俺の言葉を遮ってくる。

「ほ、本当だ」

「原因はシルヴィア達に対するヒーローらしからぬ行動だったな」

「そうだ」

「……そこに嘘はないかね？」

疑われているとは思えない口調だったが、俺には分かってしまった。ドクターが俺の嘘に殆《ほとん》ど気付いていると。

だが、ここで嘘だと認めるわけにはいかない。嘘と思われているなら、それをひっくるめた上で交渉するのみだ。

「ふむ……」

ドクターは手を顎に持っていき思考を巡らせる。その姿が研究室に籠もっていた琴音《ことね》の姿と被《かぶ》って見えた。

ドクター。医者の意味を含んでいたのかと思っていたが、博士《はかせ》の意味なのかもしれないな。

黒球の作製者ということも加味すれば、むしろ研究者というのがしっくりくる。

「シルヴィアとパイモン、一応パトラにも聞いておこう。彼の性格は？」

「変態」

「エッチだね」

「思春期の小さな男の子、かしらね」

シルヴィア、パイモン、パトラの順でよどみなく答える三人。

もう少し俺を持ち上げる言葉を選んでくれてもよろしくってよ？

「まるで俺が頭の悪い下半身お化けのように言ってくれるな」

「「「……」」」

三人とも無言だったが、唯一俺に向けられた目だけは同じハイライトをしていた。

「まさかの、共通認識？」

「なるほどな、分かりやすくてよい。私は暴力といったものが得意ではないのでね、拷問の類いは野蛮で勘弁ならない」

ドクターが白衣を脱ぐ、中に着ていたワイシャツが姿を現す。が、それ以上に強調されたのはパトラに負けずとも劣らない巨大なおっぱいだった。

白衣にどう隠れていたのかと疑いたくなるほどに、ドクターのおっぱいは大きく、そしてワイシャツの上からでも分かるほどに張り出していた。

話の流れから少しの期待を抱いたが、果たしてそれは成されたのだ。

「等価交換だ」

ドクターがカツカツとハイヒールの音を響かせながら近づいてくる。

俺の座っているベッドの真横に立つと、ドクターの腕が伸びて俺の手首を掴《つか》む。

「私の胸を触らせる。その代わりに君が隠している本当の目的を教えろ」

「な、なにを言っているんだ。そんなことしなくても俺は本当のことしか話していない」

ダメだ！　心を強く持つんだジョーカー！

お前の名前にあるホワイトの意味を今一度理解するんだ！　なにものにも染まらず、鋼の精神で任務を遂行するんだ！

「あらぁ」

「わ！　ドクター大胆！」

「ド、ドクター！　そんなことをしなくても私が聞き出しますから！」

三者三様に驚いているが、ドクターは耳栓をしているかのように無反応で、俺の手首を掴む手に力を込めた。

「ダメだった時はあそこの三人から選ばせよう、きっと君も話したくなるだろう」

どこの博士だよ！　旅のお供感覚に言われたって選べるわけないだろ！

「先生、全員はダメですか」

「よろしい」

「「よろしくない！」」

「……ふむ、私も強要するつもりはない。だからこそ最初に私なのだよ」

俺の手が引っ張られる。

深呼吸だ、深呼吸しろジョーカー。お前は今任務に命を懸ける特務のホープだ、数々のおっぱいを揉《も》み拉《しだ》いてきたお前ならいける。

ヒーローとしての強い職業意識はこんなことで綻ぶほど柔じゃないはずだ。

俺が脳内で抵抗意識を集めている最中も、ドクターの手は俺を魅惑のオアシスへと導いていく。

むんずぅ。

手が、手が沈んだ……だと？

「さぁ、答えたまえ」

「わ、わあ！　ドクター本当にやっちゃったよ、しかもジョーカーの手が凄《すご》い沈んでる！

やっぱり大きいって凄い！」

「ド、ドクター……。貴方がそこまでしなくても……」

「ふふ、使い道がないと言っていたアレは間違いだったようね」

やばい！　手が、俺の手が包まれていく……！

なんだこのおっぱいは、パトラと大きさは変わらないのにこの圧倒的な抵抗力のなさは なんだ⁉

初めて羽毛布団に手を乗せた時に感じた、見た目の大きさからは想像もできないあの沈む感覚……。

「お、俺の目的は……」

口が……。ダメだ! 意識をしっかり保つんだ、俺を送り出してくれた琴音達の期待を裏切るわけにはいかない!

さあ、言うんだ。仲間になるのが目的だと、やましい考えなんてこれっぽっちもないのだと!

「……やましい考え、なんて。ない」

「ほう……」

ドクターの腕が、俺の手をさらに強く自分の胸へと押しつけてくる⁉

「そうか、片手では満足できないということか」

おっぱいを揉んでいないもう片方の手がドクターに捕まる。そして揉まれていないもう一つのおっぱいへと導かれていく。

ずんむ。

「く、黒球の、ち、調査……です」

俺……ダメだった。未知なるおっぱいから繰り出される多幸感に、負けちゃった……。

「なるほど」

「「――ッ!?」」

欲しい情報を得ることができたドクターは満足げに、シルヴィアとパイモンが驚きに目を見開いているのが見えた。

ドクターの今までに味わったことのないおっぱいによる幸福感、謀っていた事実を告白したことによる解放感が俺を包み込み。

シルヴィア達の表情から感じた、騙《だま》していたという羞恥心が胸を貫いてくる。

「……騙していたことは謝る」

「じゃ、じゃあ。さっき言っていたヒーローを辞めてたって」

「辞めていない、ここには潜入任務で来たんだ」

嘘《うそ》を吐《つ》くことはもうできないのなら、後は誠心誠意訴えるしかない。

俺はここで初めて自分の意思で手を動かしてドクターのおっぱいを揉んだ。

「ん、これはなかなか。こそばゆいな」

モミモミ、モミモミ。

指に力を入れれば、ドクターのおっぱいは無抵抗に受け入れてくれた。どこまでも深く包み込んでくれる安心感に、俺の手は飢えた獣のように深く嚙《か》みついていった。服が擦れるたびにアルコールの独特な匂いがほどよく香る。

「俺がここへ来たのは黒球の製作者と思われるドクターの目的、そして黒球以外の武器および販売ルートの調査だ」

「それを調査して、どうするつもりなのよ」

「危険と見なされれば拘束する必要がある。だけどそうでないなら現場での裁量は俺に委ねられている」

「ジョーカー……仲間になれると思ってたのに……。騙してたんだね」

パイモンが目に涙を浮かべる。そういえばパイモンは俺がヒーローを辞めたと言った時も、好意的に受け取ってくれたんだった。

ヴィランであるはずなのに、悪い奴《やつ》にはどうしても思えない反応ばかりで時々忘れそうになってしまう。

「すまない。それでだがドクター、お前が黒球を作った張本人でいいんだな？」

先ほどから否定する様子を見せないドクターは、口の端をわずかに吊《つ》り上げる。

「そうだとも。開発者が嘘を言う必要はあるまい。だが黒球なんて無粋な言い方は止《や》めてもらおうか？」

「あら、いいじゃない。貴方《あなた》の付ける意味の分からない長い名前よりも、こっちの方が可愛《かわい》いわよ」

「やはりかパトラ」

元はパトラがそう呼んでいたから俺達も黒球と呼んでいたが、製作者からすればちゃんとした名前があるようだった。

むにゅう、むにゅん。

ドクターとパトラはある程度は予測していたのだろう、驚いたというよりもやっぱりかという反応だ。

「特務が危惧しているのは黒球をＰＦ能力者であれば誰でも使えるということ、そしてそれが雑多なヴィランに使われる可能性だ」

もしも、黒球がパトラ専用であれば今回の話には目をつぶると特務長も言っている。

「俺がここに来たのはそれらの調査だ、だから教えてくれドクター」

「ふむ……。確かに君が求めている情報の全てを私は有しているな、だがそれをおいそれと君に教えるほどの聖人でもない」

「なら、等価交換だ」

「ほう」

面白い、とドクターが楽しげに目を細める。

「情報提供の代わりに、何か条件を提示してくれ」

「君は交渉というものを知らないのかい？」

「俺はドクター達がなにを欲しているのかが分からない。だから教えてくれ、俺にはそれぐらいしかできない」

交渉とも呼べないお粗末な提案。だけど俺にできることはこれぐらいしかない。ヴィランとして裏社会で生き抜いている彼女達が欲するものが分からないから。

「その代わり、俺ができることならなんでもやる。信じてくれ」

俺は頭を下げ、今できる精一杯の誠意を見せる。

もにゅもにゅ、もにゅん。

「……いいだろう、ちょうど人手不足だったところだ」

「ねぇドクター、いいの？　僕達、大丈夫かな……？」

「結局はコイツは今でもヒーローなんでしょ、なら交渉とかよりもさっさと始末した方がいいに決まってるわ！」

シルヴィアの反応は至極もっともといえる。本来、ヴィランとヒーローの関係というのは仲良く手を繋《つな》げるものじゃない。

出会えば戦い、ヒーローはヴィランを捕獲し、ヴィランは逃げるかヒーローを殺して逃げる。

今の状況だって普通であればあり得ないのだ。

「彼の戦力は把握しているつもりだ、君達から聞いた話を総合しても彼が手練手管を駆使できるとは思えない。つまり、彼は本心で言っているのだろう」

「そ、それは……」

「ねぇ、ジョーカー」

パイモンが不安げな表情で近づいてくる。

「ジョーカーは僕達のことどう思ってるの？」

「どうって……」

何を聞きたいのか意図は分からなかったが、中途半端な回答もその場しのぎの言葉も許されないことぐらいは理解できた。

「ただの犯罪者？　悪いことばかりする社会の敵？　ジョーカーには僕達のことがどう見えてるの？」

「大中小選《よ》り取り見取りなおっぱいが集まる至高のおっぱい集団」

「……ドクター、やっぱりジョーカーは首を落とすべきだと僕も思うな」

「ちょ、ちょっと待って！　間違えた！　すんごい間違えました！」

しくじった！　本当のことを言わないといけないと思い過ぎて口が勝手に……！

どう考えても数分後の俺の未来を左右するのは目の前にいるパトラ達だ、これ以上の失言はできない！

「……ジョーカー？　僕は真面目に聞いてるんだよ、だからジョーカーも真面目に答えて」

「わ、分かったよ……」

俺は彼女達の顔を視界に収めながら、少しの気恥ずかしさを携えて口を開いた。

「初めて会った時から、お前達をただのヴィランだとは思っていない。なんでか分からないけど、お前達とは仲良くできると思ってる」

ミスターハンマーが聞いたら顔を顰《しか》めて一喝するかもな。

「他のヴィランには感じたことのない気持ちを、俺はお前達に抱いている」

特務長なら笑ってくれそうだ。

「幡部晴彦としてはお前達を捕まえるつもりはない。パトラと戦った時から、俺が思っていることだ」

犯罪者であることには変わりない、だけど囚人服を着ているシルヴィア達の姿がどうしても想像できなかった。

風切り羽を切られて飛べなくなった鳥を見ているような、物足りなさを感じているのかもしれない。

俺がイメージする彼女達の姿が汚されるように思えてしまった。

「じゃあ、ジョーカーは僕達の味方なの？」

味方。なぜかそれは違う気がした。

「味方にはなれない、俺がヒーローでパイモン達がヴィランである以上、越えられない境界線は確かにある。個人的には協力者ぐらいにはなれると思っている」

「ヒーローなのに？」

「ヒーローが助ける相手にパイモン達が含まれない理由はない」

俺がパイモン達と本気で対峙《たいじ》するとしたら、それはきっと彼女達を守るため、ということだろう。

ヒーローが誰かを助けるのは助けたいと思うからだ。ヴィランだから憎んで戦うなんて、俺のヒーロー像とはかけ離れている。

「僕達を助けてくれるの？」

「パイモン達から助けてなんてセリフ、聞くことはないだろうけどな」

そう言ってパトラを見ると、彼女は肩を竦《すく》めた。

「……分かった。僕はドクターの考えに賛成するよ。シルヴィアもいいよね？」

「……どうせ私が反対しても多数決で負けるわよ」

「あら、素直じゃないのね」

「揶揄《からか》わないでよパトラ」

「では」

ドクターが手を叩《たた》く。乾いた音が室内の空気を緩める。

「交渉をしよう。ＢＰＦＰ、君達が黒球と呼ぶ武器の情報と、私が保有する販売ルートと現状どこまで流通しているのか。でいいだろうか？」

「問題ない、対価はどうしたらいい？」

得た情報が危険かどうか判断するのは特務だ、俺の意思で決められない以上、できるのは情報を集めることだ。

「君の戦闘能力を買おう。最近は他の勢力からの横やりが多くてね、マンパワーが足りていないのさ」

「分かった、犯罪に加担することはできないが、暴れる連中を取り押さえるなら俺の得意分野だ」

「交渉成立だ」

よし、色々あったが結果的には最良な形に収まった気がするぞ。

これでサポートに回っている琴音にも良い報告ができそうだ。

「ところでさ、ジョーカー」

「ん？　どうしたパイモン」

「それ、いつまでするつもりなの？」

パイモンが指さす先にドクター、そして未《いま》だドクターのおっぱいに引っ付いている俺の両手があった。

「……」

「おや、ずっと揉まれていたせいで私もすっかり忘れていたよ」

あっけらかんと言い放つドクターだったが、俺はパイモンの後ろから何か鋭利なものが抜き放たれた気配を察知していた。

「……僕、いつツッコミ入れたらいいのか分かんなかったけど、もういいよね？」

「そうだな、交渉も終わったことだし――」

「パイモン、そこをどきなさい」

パイモンの後ろから、刀を握りしめたシルヴィアが前に出てきた。

鬼がいた。初めて見る人ならざるものの姿に、俺は咄嗟《とっさ》にドクターのおっぱいから手を離した。

ぽよん。と触っていた時には感じられなかった弾力で、おっぱいが揺れる。

「私としては不快ではなかったし、存外に楽しませてもらったよ」

「ほ、ほら！　ドクターも嫌がってなかったわけだし、それでシルヴィアが怒るのはちょっと違うんじゃないか⁉」

「アンタなんて、奴隷で十分よ。同じ人とは思えないもの……」

「分かった！　俺は奴隷でいいから！　その刃物をしまってくれぇ！」

せっかく協力体制を築けたというのに、こんなところでシルヴィアと戦闘になればさっきの話もなかったことになりかねない！

ど、どうにかシルヴィアの精神状態を落ち着けないと！

「ドクターのおっぱいは確かに大きくて、信じられないほど柔らかかった！　だけどシルヴィアのおっぱいだって十分大きくて魅力的だぞ、むしろ揉《も》んだ時の張り具合とかは流石《さすが》としか言いようがないというか！」

「誰も揉んだ時の感想なんて求めてないのよ！」

なぜだ⁉　褒めたはずなのにさらに怒りを買ってしまった……！

俺は今までの経験からシルヴィアの対抗馬であるパイモンに助けを求めようとした。

「……やっぱり、大きい方がいいんだね」

ノウッ！　この場で唯一のちっぱい枠であるパイモンに知らぬ間にダメージがっ！

「いいなぁ、シルヴィはおっぱいが大きくて……。魅力的なんだろうねぇ」

「パ、パイモン？　落ち着いて、あの変態の言葉なんて真に受けちゃだめよ？」

まさかパイモンにサイレントダメージが入っていたとはシルヴィアも思っていなかったようで、慌ててパイモンのフォローに回っていた。

援護射撃は任せろ！

「おっぱいの大きさなんて気にすることはないぞパイモン、ほら子供のマリシよりはしっかりとあるじゃないか！」

俺の膝の上で安らかに眠るマリシをチラリと見るパイモン。というかマリシはこんなに騒いでも起きないとか、どんだけ眠りが深いんだよ。

「……っふ」

だが、パイモンは鼻で笑うだけで俺の言葉は一切届かなかった。

なぜだっ……⁉

「貴方《あなた》やっぱり馬鹿でしょ！　小さい女の子と比べられたら余計に惨めじゃない！」

「そ、そうなのか……」

確かに、俺も小学生を比較対象に持ってこられたら全然嬉《うれ》しくなかったわ。

なにを比較対象にしているのかって？　聞くんじゃねぇやい、恥ずかしい。

結果的に一番の被害者になってしまったパイモンを慰めるべく、シルヴィアと俺の二人による戦いは夜まで続いた。

まさか初めての共闘が思春期のお悩み相談みたいになるとは、俺も思わなかった。

「任せろパイモン！　どこかでおっぱいは揉めば大きくなると聞いたぞ！　だから俺がいっぱい揉んで――」

「黙ってなさい！」

「ブルシッ⁉」

「そんなわけで、ドクターに接近することができた」

ドクターとの協力関係が作れた俺は、潜入開始から現在までの活動報告を琴音にしていた。

『大丈夫なの？　いくら協力関係を結べたとしても相手はヴィランよ、危ないじゃない』

潜入するにあたり、俺が持ち込めたのは少しばかりの現金と琴音との通信用端末のみだった。

音声のみでの通信にはなるが、たとえ顔が見えなくても琴音が俺を心配してくれているのがなんとなく察せた。

「ま、なんとかなるだろ」

『そうやってすぐ楽観的に考えて……。止《や》めた方がいいわよ？　今の貴方は特務のサポートが受けられないんだから』

ヒーローは基本的に一人か少数で事に当たる、だからといってそれだけの人数で任務が成り立つわけじゃない。

自身が所属する機関のサポートがあってこそ、俺達はヒーローとして活動できる。

「でも琴音がサポートしてくれるんだろ？」

『仕事よ、いつものコマンダーじゃなくてごめんなさいね』

コマンダー、特務内でその名前を知らない者はいない。

ヒーローとの通信を中心としたサポート能力において、コマンダーの右に出るものはいないとまで言われている。

的確で簡潔な対応はヒーローとして一度でも味わってしまえば、他のサポートを受けた時に物足りなさを感じてしまうほどだ。

「コマンダーは愛想がないからなぁ、琴音の方が話してて楽しいから俺的には無問題」

『馬鹿じゃないの？』

サポートを受けているヒーローと、そうでないヒーローとでは活動の幅に雲泥の差がある。

　俺に至っては戦闘以外ではてんで役に立たないと断言できる。だからこそ琴音やコマンダーを始めとした特務のサポートは必須だ。

　そのコマンダーだが、確かにサポートという面から見れば不満な点は一つもない。むしろ的確なサポート技術に脱帽するほどなんだが……。

「コマンダーと俺の通信を聞いたことあるか？　俺のユーモアあふれる会話の全てが去《ぃ》なされるんだぞ、機械と話してるんじゃないかって時々勘違いするんだよ」

　コマンダーとの会話はどうしても壁打ちのように無機質に感じてしまうのだ、だから琴音としているような雑談なんてしたことがない。

　終始淡々としたやり取りには正直なところ参ってしまう。

『あ、あはは……確かに仕事一筋って感じよね。でも、仕事以外の時にお話しすると結構違うものよ？』

「マジか？」

『マジよ』

一応誤解のないように言っておくが、コマンダーは女性だ。しかも表情筋が死んでいること以外は琴音と同様に美少女だ。

そう、美少女……。

特務での女性職員の採用基準はちびっ子限定なのだろうか？

採用の権限を持つ特務長がアレだからな、可能性としては十分だろう。

『今度新しい服を見に行く約束だってしてるのよ』

「コマンダーがオシャレ……確かに彼女は誰が見ても可愛《かわい》いと思うのは否定しないけどさ、如何《いかん》せん想像できない」

『ジョーカー、それって女性に失礼よ。表情が乏しいだけで感情がないわけじゃないんだから』

琴音の言うことは間違っていない、むしろ俺が勝手な思い込みでコマンダーをそういう人間だと思い込んでいただけだ。

「……ごめんなさい」

『それは本人に言うことね、因《ちな》みにこの会話もコマンダーは聞いてるみたいだから、言葉には気を付けることね』

「ちょ、それ今更言うことか⁉」

『なによ、私だってこういう仕事は初めてなんだから少し教えてもらってるだけよ。それに聞かれて後ろめたい会話なんてヒーローらしくないわよ』

ぐうの音も出ない。

特務に入ってから遠慮という文字が琴音の辞書から抜け落ちているように感じるな。

おかしい、俺の想定では和気藹々《わきあいあい》とした同僚の関係になるはずだったのに……。

何を間違ったというのだろうか。

「分かったよ、今度謝罪に行く」

『コマンダーは特務の近くにある杉乃《すぎの》風水ってお店のお菓子が好きだって言ってたわよ』

琴音さん、分かってて言ってますよね？　そこ高級和菓子屋で、毎日早朝から長蛇の列を生み出す化け物店舗ですよ？

『女の子に酷《ひど》いこと言った罰にしては軽いと思わない？』

「……イエスマム」

『私は杉乃風水の真向かいにあるケーキ屋のでお願いね』

音声だけなのに、琴音が通信の向こうでウィンクしているのを幻視してしまった。

それに向かいのお店って……同じぐらい有名なお店ですね？　杉乃風水と変わらない長

蛇の列を錬成するあそこですよね、はい。

「……仰せのままに」

俺に拒否する権利はない。故意ではないにせよ、女性を傷つける物言いをしたのだ、俺にできるのは頭《こうべ》を垂れて許しを請うのみ。

『それじゃ、確認するけど。他に報告することはないのね？』

「もうないぞ、万事上手《うま》くいってる」

確かに報告するべきことはした。

シルヴィアを押し倒しておっぱいを揉んだり、ドクターのマシュマロおっぱいを揉んだり、マリシという女の子を保護していたりといった不必要な情報は全て取り除いているが。

報告する必要はないと判断した。

『危険はないのよね？』

「あぁ、ヴィランを含めてPF能力者がこれだけ揃《そろ》ってるんだ。あのパトラもいるし、裏切られない限り一番安全とさえ言えるぞ」

しかもメンバーの殆《ほとん》どが戦闘向けの脳筋パーティだ、並大抵の勢力じゃ太刀打《たちう》ちはできない。

ヴィランとして強者に連なるパトラを生で見たことのある琴音だ、彼女の名前を聞けば納得するだろう。

『……ふぅん。パトラも一緒なのよねぇ』

琴音さん？　心なしか声のトーンが下がってませんか？

『ま、いいわ。私がジョーカーをサポートするのには変わりないわけだし』

「ええっと、なんのお話でしょうか？」

『こっちの話よ、ジョーカーはそのまま任務を続行してちょうだい』

どことなく有無を言わせない口調だった。

「りょ、了解です」

『引き続き頑張ってね、ジョーカー？』

その頑張ってって任務のことだよね？

だが、声だけでも分かってしまった琴音の様子に、俺はそれ以上のことは聞けなかった。

「ジョーカーからの報告確認が終わりました。特務長」

ジョーカーとの通信を終了させた琴音は、同室で今のやり取りを聞いていた特務長に向けて報告をした。

「うん、ご苦労様。それにしても流石《さすが》ジョーカー君だね、潜入初日でドクターの懐に潜りえていた。
多分だが、特務長はジョーカーがこうなることをある程度見越していたのだと琴音は考
「それ、ジョーカーを潜入させた場所を見ても言えるんですか？」
「言えるとも、いくら細工を施そうとも結果だけは星の運だよ。私といえどそこに干渉す
ることはできない」
「では、そうなりやすいようにしたということですか？」
ドクターが縄張りにしている地区の地図を取り出した琴音は、ジョーカーが任務に着く
にあたり特務長から指示された潜入の開始地点を指さす。
ジョーカーが持っている通信端末にはGPS機能が備え付けられており、通信時のみに
はなるがジョーカーの位置情報も琴音達には筒抜けだった。
「ジョーカーが通信をしてきた地点と、潜入を開始した場所。殆ど同じ場所じゃないです
か」
琴音が言う通り、特務長が指定した任務の開始地点とジョーカーが通信を行った位置は
かなり近かった。

ヴィランが主張する縄張りの範囲が広大ではないにしても、作為的なものを感じるには十分過ぎる位置関係だったのだ。

だが、それを提示されても特務長の態度が崩れることはなかった。

「偶然ということもあるんだね、私も驚いたよ」

「……特務長」

あくまでも偶然と答える特務長に、琴音の声が低くなる。

偶然なんてあり得ない、言外に匂わす琴音に特務長は小さくため息を吐《つ》いた。

「仕方ない、琴音ちゃんに嘘《うそ》は通じないようだね」

「それじゃあ……」

「ある程度の目星は付けていたよ、そうでなければジョーカー君を一人で行かせたりしないさ。時間も掛かってしまうしね」

「標的であるドクターとの接触も織り込み済みってことですか」

「本音を言えば数日後ぐらいには考えていたよ、さっきも言った通り初日にここまで話が進むのは計算外だったけどね」

肩を竦《すく》めてみせる特務長だったが、それもどこまで本音なのか琴音は測り兼ねた。

「それで、琴音ちゃんは何が言いたいのかな？」

「私ですか？」

ジョーカーと話す時とは違い、特務長に聞き返す琴音の口調は少しばかりの硬さがにじみ出ていた。

「そこまで言うんだ。ジョーカー君のことが心配なんだろう？」

「……」

「琴音ちゃんとしてはこんな遠くからではなく、もっと近くでジョーカー君を助けたいのではないかな？」

何処《どこ》までも見透かした言葉は、確かに琴音が考えていたことを見事に言い当てていた。

「ジョーカーの潜入任務をサポートするのが私の仕事です、それはここでしかできないことですから」

「ここではできないこともある」

「……そうかもしれませんね」

言葉でこの得体の知れない存在に勝てるわけがない、特務に所属してからの短い期間でそれを理解している琴音は言い返す選択を取らない。

曖昧な返答が特務長に対しては一番効果的だった。

「つまらないよ〜、琴音ちゃん〜」

　そうしていれば、こうして特務長の方が先に音を上げるからだ。

　先ほどまでの全てを呑《の》み込むような重い空気が消え、特務長は頬をぷくっと膨らませて机に突っ伏してしまう。

「そうやってすぐ黒幕みたいな空気を出すからですよ」

「だって黒幕だし～、ぜ～んぶ私の手のひらの上だし～」

　脚をパタパタとさせる様は、見た目相応の子供のようにも見えた。

　パタパタとするたびにスカートに隙間が広がり、琴音の位置からスカートの中がチラチラと見えてしまうが、同性の下着に反応するような琴音ではなかった。

　むしろ面倒とばかりにため息を吐く。

「特務長、はしたないです」

「えー!?　ジョーカー君は凄くいい反応を見せてくれるのに」

「それはジョーカーだけです……。というかジョーカーの前でも止《や》めてください」

「ふっふっふ、嫉妬かな～？」

　ニマニマとこれ以上ないくらい煽《あお》る気満々の特務長だったが、琴音はそれを無視して立ち上がると部屋を後にしようとする。

「仕事がまだありますので、失礼します」

「あ～待ってよ～」

その声も華麗にスルーした琴音がドアノブに手を掛けようとした時、手動式のドアが自動的に開いた。

「お待たせしました」

開いたドアの向こうから聞こえてきたのは淡々とした、いっそ機械音声かと思ってしまうほどに平坦《へいたん》な声色だった。

その声に聞き覚えのあった琴音が少し驚いた表情を見せる。

「コマンダー、来ていたんですか？」

「はい、別室でジョーカーと貴方《あなた》の通信を聞いていたところ、特務長から呼び出しがありました」

ドアが完全に開くと、そこにはショートヘアの少女が立っていた。コマンダーと呼ばれる少女の髪は栗色《くりいろ》で癖毛が強く、コマンダーを知っている者からすれば正反対に思える髪型だった。

身長も琴音より少し高いぐらいであり、大人と言い張るには少しばかり背が足りない。

だが、それ以上に目を引くのはコマンダーの感情を感じさせない平坦な表情だった。

よく言えばお人形のような顔立ちをより一層、作り物めいたものにしたように感じさせるそれは、初めて会話する者なら戸惑うのは必須だろう。

「待ってたよコマンダーちゃん」

一室に集まる三人の少女達、中学生の仲良しグループにも見える光景は、見る人によっては百八十度別のものになる。

ジョーカーが見れば苦笑いを浮かべていただろう。

「特務長、私にご用が？」

「なに、ちょっと琴音ちゃんの仕事を代わってもらおうかと思ってね」

「と、特務長⁉」

琴音が慌てて特務長に詰め寄る。

その剣幕《けんまく》に少しだけ仰《の》け反《ぞ》りながらも特務長の口は開く。

「そして、琴音ちゃんはジョーカー君の助っ人として現地に赴いてくれたまえ」

「え、ええ？」

「なるほど、私は二人のサポートに回ればよろしいのですね？」

「理解が早くて助かるよ」

コマンダーは疑問を浮かべることなく特務長からの任を粛々と受け入れる。

だが、未《いま》だ琴音だけが混乱の渦に呑まれていた。

「わ、私が現場にですか？　自慢じゃありませんけど、私の戦闘能力は皆無です」

琴音のPF能力は電子機器に対しては絶対的とも言える力を示すが、逆に言えば生身の人間に対して物理的な観点で見れば一般人とそう変わらない。

唯一、PF能力者としての身体能力は平均より秀でているが、プロの格闘家を相手にすれば勝つことは難しいと言わざるを得なかった。

そんな琴音が裏社会という弱肉強食の世界に行ったところで、ジョーカーの助けになるとは思えなかったのだ。

「ふふん、私だって身一つで送り込もうなんて思ってないよ。琴音ちゃんには琴音ちゃんだけの武器があるじゃないか」

「それって……」

「君が作製した武器やガジェット、それの実地検証でもしてくるといいよ」

特務における琴音の仕事はヒーローの活動を補助するような武具の開発であり、その中には直接的な武器もいくつか存在していた。

異例で特務に所属することになった琴音は、組織内での活動機関が短いとはいえ、いくつかの試作品とも呼べる物を生み出していることを特務長は知っていたのだ。

「非戦闘員である琴音ちゃんで運用効果が証明できれば、特務在籍のヒーローでの試作運用も可能になっていくだろう」

「私もサポートします。それで問題ないかと」

「コマンダーまで……」

普段は私見を述べないコマンダーまで琴音の背を押してくる。

その表情に変化は殆《ほとん》どないが、同じ女性職員として交流を持つ琴音にはコマンダーが応援してくれているのだと理解できた。

「それに、私もお土産《みやげ》が待ち遠しいですから」

「……分かりました。私、行きます」

「その言葉を待っていたよ、琴音ちゃん。裏社会は怖いところでもあるけど、その分だけ君の糧にもなるだろう。そうすればジョーカー君の横に並ぶ日も近くなるさ」

「別に、そんなのじゃありませんから」

見た目の年齢が殆ど変わらないはずの相手からの言葉が気に入らないのか、琴音は顔を背けてしまう。

「本当に～？　耳が少し赤いよ～？　あ、もしかしてアレができるから待ち遠しいのかな～？」

「～～ッ!?　準備があるのでもう行きます！」

特務長の返事を待つことなく、琴音は鼻息を荒くして部屋を後する。

すれ違いざまに琴音の顔をチラリと横目で見たコマンダーが特務長を見る。

「確かに、顔が赤かったですね。興奮していたようです」

「コマンダーちゃんはもう少し感情の機微を学ぶべきだと私は思うな」

「仕事には必要ありませんから」

「プライベートでもかい？」

「はい、現状で必要になったケースがありません」

言葉一つで十色の反応が期待できる琴音とは違い、コマンダーは全てを無の一色に変換して返してくる。

揶揄《からか》い甲斐《がい》のない相手だと、特務長は内心で苦笑するしかなかった。

「それで、今の流れで問題なかったのですか？」

今の流れ、それは琴音がサポートの任から外れて現地でジョーカーに協力するまでの流れを指していた。

「うん、満足だよ。私一人じゃ意固地になられて面倒になりそうだったからね、コマンダーちゃんが琴音ちゃんと親交があって良かったよ」

「彼女と親しくしているのは個人的なものです。今回のケースは想定していません」

「大丈夫大丈夫、私だって鬼じゃないんだから。お気に入りの玩具《おもちゃ》は一つだけで十分」

玩具がなにを指しているのか、そしてそれが意味することをコマンダーは知りながら口を閉ざす。

また、特務長の悪い癖が出たと割り切っていた。

「はぁ〜ジョーカー君はどう対処するのかな……。国が生んだ哀れな怪物を相手に……」

特務長は頬を紅色に染め、うっとりとした表情で虚空を見つめる。

艶《なま》めかしいため息の生暖かさが外気に冷やされて消えていく。

「どうするのかなぁ……。殺しちゃう？　それとも心中？　何もできずに指をくわえて泣き叫ぶのかな〜？」

我慢できなくなった特務長は立ち上がり、演者のように大きく脚を開いて歩く。

「自分は悪くない、こうなるはずじゃなかった、どうしてこうなってしまったんだ……と、抗《あらが》えない運命に打ちひしがれてしまうのかなぁ？」

コマンダーの存在を忘れているのか、それとも見られていようが関係ないのか、いずれにせよ特務長の一人舞台を見るのはただ一人。

「それとも使命感に駆られ、ヒーローの職務を全うするのかな？　こうするしかなかった、こうしなければならなかったと、無意味な言い訳を並べるのかな？」

劇団員の一人のようにステップを踏み、ピエロのように戯《おど》ける。

「早く見たいなー、私、見たくてたまらないよ～。んふふ～……あは、あはは、あっはハハはハはははっ！」

始まるダンスの直前、ビデオの停止ボタンを押したようにピタリと特務長の動きが止まる。

先ほどまで爛々《らんらん》と輝いていた瞳は光をなくし、静止した状態で一ミリも動かない姿が一瞬にして人形へと姿を変えてしまったと錯覚するほどだった。

「はぁ……。つまらないなぁ」

「ジェンガでもしますか？」

「コマンダーちゃんってジョークも言えたんだね」

苦笑いを浮かべる特務長だったが、どこから取り出したのかコマンダーはジェンガを持っていた。

「ジョーカーに教えていただいた琴音さんに勝てるゲームなもので、やりますか？」

「……少しだけやろうかな」

それから琴音が試作品の持ち出し申請用紙の束を持ってくるまでの間、少女二人による仁義なきジェンガ対決が始まった。

数十分後、参加メンバーが三人に増えたことで戦いの苛烈さが極まっていった。

3章　環境と矜持

「もう、ジョーカーが早く起きないから僕のお腹《なか》と背中がくっついちゃいそうだよ！」

ぷりぷりと怒って頬《ほお》を膨らませるパイモン。そしてパイモンの隣で腕を組んでムスッとしているシルヴィア、こっちはお腹がとか関係なく平常運転だな。

ドクター達の協力者（下僕）の地位を勝ち取ってから数日、シルヴィア達の手伝いという名目で俺は彼女達が潜伏している隠れ家の一つに住まわせてもらっていた。

「……眠い」

俺の横で眠たげに目を擦《こす》るマリシ。

ドクターのもとに連れてこられた時も俺に引っ付いてたマリシは、俺がここに来るなら自分も行くと言って聞かなかった。

流石《さすが》に危険だからと言ったのだが、最終的に俺が保護者として面倒を見ることになった。

なのでマリシも一緒に住んでいる。

「朝から元気だよな、俺はまだ少し眠いってのに」

別に朝が弱いというわけではないが、流石に寝起きでパイモンのテンションに付き合うのはきつい。

「ジョーカーはだらしないなぁ。ほら僕を見習って元気に、だよ！」

ん？　待てよ……。ヴィランといえど目の前に広がる景色はどうだ。

朝になると元気に起こしてくれる美少女、そして部屋を出れば毎日美少女美女のコンビがお出迎えしてくれるんだぞ。

どこのラブコメ漫画だこれ……。

「俺はなんて馬鹿なんだ……」

「急に項垂《うなだ》れて大丈夫？　ジョーカー？」

「貴方《あなた》が馬鹿なのは今に始まったことじゃないわ、いいから早く朝食を作りなさい下僕」

そして、俺の作るご飯を待ってくれているじゃないか……。しかも一部界隈《かいわい》ではご褒美とまで言われる罵倒も含まれている。

俺はこの数日間、そんなことにも気付かず無為に過ごしていたのかっ⁉　俺の馬鹿野郎！

「今度は拝み始めたよシルヴィア」

「そんなこと私に言ったたって知らないわよ」

「ジョーカー、ごーはーんー！」

「はっ⁉　す、すまない。すぐに作る」

こうしちゃいられない！　俺のご飯を待ってるシルヴィア達のために急いで完璧な朝食を用意するんだ！

「おー、やっと元気になったね」

「朝から疲れるわ……」


「それで、今日も俺一人で見回りか？」

いつも以上に想《おも》いを込めて作った朝食を食べながら、俺はここに来て日課となっている一日の確認を行っていた。

「う〜ん、どうしよっか」

協力者（下僕）になったはいいが、やっていることと言えば地形把握や環境に慣れるための見回り、という名の散歩をさせられていた。

もっとこう、別勢力のヴィランとかと戦わされると思っていたのだが、シルヴィア曰《いわ》くたまに来る程度らしい。

「ジョーカーも散歩ばかりだと飽きちゃうもんね」

はっきり散歩って言いやがったぞコイツ。やっぱり見回りじゃなくて、ただブラブラさせてただけなのかよ。

「そうね、下僕らしく働いてもらいましょうか」

「お、やっとか！」

「……どこ行くの？」

マリシが朝食のサラダを頬張りながら聞いてくる。口に物を入れながら喋《しゃべ》っちゃいけません！

「シルヴィア達の手伝いだな、ようやく協力者らしいことができそうだ」

「……私も行く」

何度も俺に付いてくるのは危ないと教えているはずなのに、マリシは頑《かたく》なに付いてこようとするな。

今まではなんやかんや安全を確保できると判断できたから許してきたが、仕事にまで付いてこられると安全の保証ができないじゃないか。

「ダメだ、遊びに行くわけじゃないんだぞ？」

これから始まるのは俺と凶悪なヴィランによる壮絶な死闘の物語なんだ。悪いな、ここから先は十八禁の世界さ。

「いいんじゃない？　遊びに行くわけだし」

「ちょーっと待ってくれよパイモン、冗談はよしてくれ」

「冗談じゃないよ、これも僕達の立派なお仕事だからね！」

自尊心に満ちた面持ちで小さな胸を張るパイモン。

遊ぶのが仕事って子供じゃないんだからさ。

「シルヴィア、お前からもなんか言ってくれよ」

「なによ、遊ぶのも仕事よ」

お前もかっ！

「一応聞くけどお二人さん、これって大真面目なヤツ？」

「もしかしてジョーカー、僕達のこと馬鹿にしてる？」

馬鹿にしてるわけじゃないんだ、ちょーっと頭がアレなのかなって心配しただけだ。

「いいよ、どの道ジョーカーには拒否権ないんだし。行きながら色々教えてあげるよ」

「馬鹿にするなよ？　俺だって現役の遊び人だぞ、この間なんてジェンガマスターとしての腕前を披露してたぐらいだ」

披露した相手が終始無表情だったから凄《すご》い悲しい気持ちになったけど。

「遊びの話じゃなくて、僕達のことだよ」

「パイモン、そういうのはもっとメリハリが一目で分かるようになってからだぞ。お隣を見ろ、それが基準だ」

「死ね」

「ジョーカー、流石にそれは僕も怒るよ？」

シルヴィアもパイモンもどうしてそんなに怒るんだ、スリーサイズとかで数値化されればパイモンがショックを受けるのは火を見るよりも明らかだろ。

「僕達〝青いウサギ〟についてだよ！」

あ、そっちね。

青いウサギはここら一帯を縄張りにしている組織の名前だ、構成員はドクターとパトラを中心に主要メンバーはＰＦ能力者で占められている。

能力者以外の構成員の方が多いらしいが、殆《ほとん》どが裏方で表に出るのは能力者であるパトラ達となっている。

「……ごちそうさま」

俺達が言い合いをしている最中もマリシは黙々と食べていたようで、マリシの前に置かれた皿の料理は綺麗《きれい》に平らげられていた。

こうして自分の作った料理を美味《おい》しそうに食べてもらえるのはかなり嬉《うれ》しいものだ。

「ちゃんとごちそうさまが言えてマリシは偉いな」

「……私、いい子」

自慢げなマリシの頭に手を乗せて、整えられていないボサボサの頭を撫《な》でる。

「こうして見てると兄妹《きょうだい》みたいだよね」

「いいえ、パパです」

「貴方みたいなのが親だなんて可哀想《かわいそう》よ、早く絶縁しなさい」

「痛い、ストレートな言葉の暴力が一番痛い……」

なんて鋭い切れ味だ、だがその鋭さもどことなく気持ちよく感じてしまうのはどうしてだろう。

「……痛い？」

俺は冗談のつもりで言ったが、物理的に痛いと勘違いしたマリシが小さな手で俺の腹を摩《さす》る。

「……痛いの痛いの、飛んでけー」

あぁ、なんて優しい子なんだ。本当に心の痛みが癒えていくようだ……。

「マリシちゃんって本当にいい子だよね、こんなジョーカーみたいな変態に引っかかっちゃったのが不思議なくらい」

「パイモンには分からない大人の良さが分かるんだよ、お子ちゃまボデー」

「マリシちゃんぐらいにならないと気付けないなら一生知らなくていいよ、それよりもうそろそろ出ないと怒られちゃうから早く行こうよ」

時間を確認したパイモンが少し慌てた様子で残っていた朝食を掻《か》き込んでいく。

横からチクチクと突《つつ》いていたシルヴィアも口よりも手を動かし始めて、黙々と皿の上を綺麗にしていく。

だが、急いでいるはずなのにカチャカチャと音を立てたりせず、食べ方も丁寧なところを見ると意外と育ちはいいのかもしれない。

「……急がなくていいの？」

そうだった、今日は俺も付いていくのだから急がないと置いてかれてしまう。

「……がんばれ、がんばれ」

応援されるほどのことかとも思うが、パパとしては凄く嬉しいからよしとしよう。

朝食を早々に済ませた俺達は、シルヴィアに案内される形で街に繰り出した。

「さて、じゃあまず僕達のチームについてだね」

道中、パイモンが口を開いた。

朝食の時に話していた続きだ。

「青いウサギはドクターとパトラが作ったチームなのは最初に話したよね」

「そうだな、その後にパイモンとシルヴィアが入ったんだよな」

チームに入った時の経緯は不思議と二人とも自分から語ることはない。二人が語りたがらないので俺も聞くのを躊躇《ためら》ってしまった。

「うん。僕達のチームは基本的に色々なことから逃げてきた人達で構成されてるんだ。それは僕も、シルヴィアも一緒……」

逃げてきた、その言葉の先を聞くには俺達の関係はまだ浅い。

だからパイモンもこれ以上それについて話すつもりはないみたいだった。

「そんなチームだからみんな事なかれ主義というか、平穏にひっそりと暮らしていきたいって思う人ばっかりなんだ……でも」

「そうはいかない、か」

弱肉強食、特務長ですら仁義のない世界だと言っていた場所で、力のない人達の立場を救おうとする存在はいない。

なぜなら彼女達を取り巻く世界が下す仕打ちは真逆の行為なのだから。

「ドクターもあの時言ってたけど、最近僕達の縄張りにちょっかいを掛ける連中が多いんだー。ホントに面倒になっちゃうぐらいだよ」

「でもそんな毎日来るわけじゃないんだろ？」

「毎日来てたらここら辺は今頃ゴーストタウンになってたね。確かに来るのは毎日じゃないんだけど、それでも極端に頻度が増してるんだ」

ヴィラン同士の縄張り争い、基本的にヒーローがヴィランと対峙《たいじ》する時はヴィランが表の世界に出てきた時が殆どだ。

ヴィランとしてもヒーローと戦うのは旨《うま》みが少ない、というか殆どない。勝てば危険だと評され、より多く、より強いヒーローが出張ってくる。

負ければ刑務所に入れられ、勝っても得るのはヒーローに勝ったという事実。

だが、ヴィラン同士であれば優劣の結果が意味を持つ。

「縄張りを取れば美味しい思いができる、そんな考えのバカは多いけど。普段なら最初のバカを徹底的にボコボコにして、見せしめにしてやれば暫《しばら》くは静かになるんだけどさ」

「倒しても見せしめにしても、チャレンジャーは消えないのか」

「そ、僕達も毎回無傷ってわけにもいかないし、かといって戦闘向けのPF能力者の数は少ない。このままじゃジリ貧ってわけ」

シルヴィアもパイモンも、ヒーローを複数人相手取って勝てるほどの実力者。

そんな二人にも傷を負わせる相手がゴロゴロいるのか、表に出ないだけで凶悪なヴィランは多くいそうだ。

「だけどパトラなら楽勝だろ？」

パトラと戦ったことがあるから断言できるが、俺が今まで戦ってきたヴィランの中でパトラは別格に強い。

彼女なら傷を負うことなく、圧倒的な力で蹴散らしてくれるだろう。

そう思っての言葉だったが、パイモンは首を横に振る。

「パトラは戦っちゃダメなんだ」

「どうしてだ？」

「僕達の戦いはその一つ一つに意味があるんだ。パトラは誰もが認めるチームの最高戦力。そのパトラが出張るってことがこの世界で何を意味するか分かる？」

「すまん、分からない」

「縄張りを主張する僕達にとって、外敵を追い払うのは一種のパフォーマンスなんだよ。ここを仕切っている僕達はこんなにも強いんだぞって、それがみんなの安心にも繋《つな》がる」

パイモンがそこまで言ったところで、俺にもようやく理解することができた。

それもそのはずだ、彼女の言っていることはヒーローの考え方と真逆だった。

「最高戦力が高みの見物をして、手下が外敵を追い払う。というのと、手下は前に出ず、最高戦力が先陣を切って戦うのじゃ意味が違うんだ」

「なるほどな、自分達のボスが出張らなくちゃいけないほどに追い詰められてる、て思われるのか」

「うん、だからパトラは前に出ない。出られないから僕達が戦って圧勝する姿を見せる必要があるんだ」

面子《メンツ》一つで生きる世界というわけか、弱肉強食の極地みたいなところだな。

そんな世界で生き残っているんだ、パイモン達が強いわけだ。ヒーローやヴィランとかではなく、そもそもの覚悟が違うのか。

「もしかして、ドクターが武器を作ったのって」

今まで知らなかった背景が見えれば、元々見ていた絵の見え方も変わる。

ドクターの行動を、ヒーローとして見た時と、こうして彼女達と行動を共にしている時に見るのでは、その意味が違ってくる。

俺の考えを肯定するようにパイモンが静かに頷《うなず》く。

「僕達の戦力強化、そして他の非戦闘向けの能力者に戦う力を与えること」

待て待て待て！　それじゃあドクターと交わした交換条件は根本から違っているということじゃないか。

「作っている武器は、売っていないのか？」

「さぁ？　そこらへんはパトラとドクターが仕切ってるから、僕には正確なことは言えないよ」

肩を竦《すく》めるパイモン。

俺に教えるつもりがないのか、それとも本当に知らないのか。どのみちパイモンからこれ以上の情報は引き出せないだろう。

先頭を歩いているシルヴィアにも、俺達の会話が届いているはずだが知らぬ存ぜぬだ。

そして。

パイモンがいきなり足を止める。

「どうした？」

俺が疑問に思い声を掛けるよりも早く、パイモンがこちらを向く。

「どんなに平和を謳《うた》っても、拳を振るう人は消えない。痛いって泣き叫んでも、助けてって懇願しても、アイツらは笑いながらそれを踏みにじる。だから拳を振るってでも守る必要がある、どんな手を使ってでも……。それができるのは僕達だけなんだ、必要なら殺しだって喜んでやるよ」

パイモンの力強い、意志を感じさせる目が俺を捉える。

彼女の瞳に浮かぶ色は初めて見るはずなのに、何処《どこ》かで見たことがあった気がした。

「たとえ同じ屋根の下で時を共にしても、今日の朝食を一緒に摂《と》った相手だとしても……。この平和を踏み潰そうとするなら、僕は。僕達は躊躇わないよ」

そうだ、既視感を覚えたパイモンの瞳。何処かで見たことがあると思ったそれは、腑《ふ》に落ちるところで見たものだった。

赤い鞭《むち》を振るい、ヒーローの独善的な言葉を叩《たた》き伏せた暗い世界で綺麗《きれい》に咲く紅《あか》い薔薇《ばら》。強い意志と覚悟を持った、美しく華やかで、魅入られるほどに危険な光を放つ色。

「僕達を守るのは……。僕だ」

言い切った次の瞬間、パイモンが顔を綻ばせる。

「でも、僕。ジョーカーのこと結構気に入ってるんだよね、ご飯とか美味《おい》しいし」

その瞳にはさっきまでの色はなく、いっそ見間違いだったとさえ思えるようないつもの明るさが宿っていた。

「俺としてもパイモン達とは仲良くしたいからな、せいぜい美味《うま》い飯を作って手心を加えてもらえるようにするさ」

「あははは。それなら考えちゃうかもなー、ジョーカーって家事の能力も高いから家政夫としてならいいよー？」

そう言ってパイモンは再び歩き始める。俺はその背中をただ見ることしかできなかった。

二度、パイモン達と戦った。

だが、一度としてあの目を向けられたことはなかった。

「……ジョーカー、疲れた」

「あ、ああ。ほら、おんぶしてやる」

意外と長い間話していたようだ。

声からも疲れたと訴えるマリシを背中におぶった俺は、足早にパイモン達の背を追いかけた。

暫くパイモン達に付いていくと、人気《ひとけ》のない殺風景だった景色に街の住人達が交ざり込むようになってきた。

次第にここが裏社会だということを忘れてしまうほどの賑《にぎ》わいが、俺の視界に広がっていた。

「ここは市場、基本的にはここで全部揃《そろ》うよ！」

「俺が料理する時の食材もここで買ってたのか」

もっと色々廃れているイメージがあったが、普通にお店が立ち並んでいるし、他の人の身なりも総じて綺麗で活気が感じられた。

表の世界と変わらない日常の光景だ。

「そうなんだよね〜、新鮮な食材もここでなら手に入るから便利だよ」

「ここが目的地なのか？」

「目的地じゃないけど、ここで色々買っていく必要があるんだよ」

勿体《もったい》ぶった言い方をするな、結局のところ目的地を教えてくれるつもりはないみたいだ。

「お、シルヴィアさん達だ！」

先頭を歩くシルヴィアに気付いた人が驚きと嬉《うれ》しさの混じった声を上げる。

賑わいを見せていた人々の動きが一瞬止まったかと思うと、一斉にシルヴィアに声を掛け始めた。

「ホントだホントだ！」

「シルヴィアさん、俺んところでなんか買っていってくれよ！」

「今日は用事で来てるのよ、だからまた今度ね」

ちょっとした人気者のように、少し歩くたびに人々が代わる代わる声を掛ける。

シルヴィアもそれに慣れた様子で返しているところを見ると、今日だけというわけじゃないようだ。

「ふふ〜ん、凄《すご》いでしょー！」

確かに凄い。目の前の景色に俺は素直に驚いていた。

珍しいからとかじゃない、むしろ見知った光景だ。

シルヴィアはヴィランだ。ヒーロー達をなぎ倒し平和を脅かす市民達の敵。

なのに、彼女が今集めているのは敵意や畏怖でもない、ヒーローが向けられるような羨望や希望の眼差《まなざ》しだった。

「面子が大事だって言ってたパイモンの言葉は理解できた、そりゃ戦いたくなるよな」

不謹慎かもしれない、彼女達は命を懸けているのだから。

およそ女性に向けるべきではない俺の言葉に、パイモンは嬉しそうに笑う。

「でしょ？」

シルヴィアが街の人気者になっている間に、俺とマリシはパイモンに連れられるようにして店を回った。

やはりパイモンもここでは人気者のようで、殆《ほとん》どの店主と顔を合わせるたびに驚きと喜びの色が向けられる。

「いっぱい買ったな」

回った店の全てが食料関係。野菜やら肉やら、果物といったものを片っ端からパイモンは購入していった。

そして俺とパイモンの二人で抱えるほどの量を買い込んだところで、有名人のシルヴィアが疲れた様子で合流する。

「はぁ、何回行ってもあそこは面倒だわ」

とは言いつつも、満更じゃない顔をしてるぞ。俺と話している時のように眉間に皺《しわ》を寄せることなく、嬉しさ混じりの呆《あき》れって感じだ。

「シルヴィアは人気あるからねー、特に男共！」

「なによ、パイモンだって年寄り連中のアイドルじゃない。今日も飴《あめ》ちゃんもらったのかしら？」

「もちろん！　いっぱいもらったよ！」

各店主からもらった飴やらお菓子でパンパンになったポケットを自慢するパイモン。

シルヴィアは若者に人気の今時アイドルで、パイモンは地元で人気のアイドルって感じだな。

「楽しい談笑中のところ申し訳ないんですがシルヴィアさん」

「なにかしら」

「少しだけでもいいのでこの荷物を持っていただけませんか？」

俺はそう言って前を見ることすら困難になっている荷物の山を持ってみせる。

パイモンですらこの状態の俺を哀れんで少しだけ持ってくれたんだ、シルヴィアも頼むよ。

「嫌よ、それが貴方《あなた》の仕事なのだから甘んじて受け入れなさい」

「いいじゃんか、シルヴィアも少しは持ってあげなよー」

「……はるひこ、私、持つよ？」

俺の裾を引っ張って言うマリシはなんていい子なんだ、ただでさえ背負った状態じゃ荷物が持てないからと降りてもらったのに、その上で俺のお手伝いまで買って出るなんて……。パパ嬉しっ！

「ありがとうなマリシ、でもマリシにはちょーっとだけ重いからな。気持ちだけ受け取るよ」

「……私、力持ちだよ？」

「ほら、こんなにちっちゃいマリシでも手伝おうとしてくれてるんだよ？　大人のシルヴィアがちっちゃいことしてどうするのさ」

マリシの健気《けなげ》な姿、そしてパイモンからの責めるような空気に観念したシルヴィア。

「わ、分かったわよ。持てばいいんでしょ、早く寄越《よこ》しなさいよ！」

「いや、本当に助かる！　このままじゃまっすぐ歩くことも難しかったんだよ」

　まさかマリシに袖を引っ張ってもらいながら歩くわけにはいかないからな。

　シルヴィアが荷物の一部を引き受けてくれたことで、ようやく前の景色が多少見えるようになった。

「大量の食料を買い込んだってことは、どこかで炊き出しでもするのか？」

「あったりー、今から行く場所で買った食材をぜーんぶ使うよー」

「ほら、早く行くわよ」

　買い込んだ食材は三人で分けて持っても明らかに多い、四人で消費しようとすれば先に腐ってしまいそうな量だ。

　これで炊き出しではなかったら、店でもやるのかと思うほどの量だ。

「マリシ、もうちょっと歩くことになるけど大丈夫か？」

「……うん、大丈夫」

　荷物が増えた分、最初よりもペースは落ちたが数十分も歩いたところで、俺達はようやく目的地に到着した。

「教会か」

　目的地にあったのは大きめの教会だった。

　建物自体は古いようで、壁や屋根のあちこちには修繕の痕跡がいくつも見られた。

「そ、ここは僕達が管理している孤児院みたいな所だよ。マリシちゃんみたいに身寄りのない子供は珍しくないから、できる限りここで保護してるんだ」

事実をそのまま話しているだけのパイモン、だが彼女が言っていることは本来、国や俺達のようなヒーローが率先してするべきことだ。

俺達が救うべき子供達を、ヴィランである彼女達が救い、保護している。

「パイモン達って本当に凄いな」

「え、どうしたのさ急に」

「ここにいる連中からすれば、パイモン達こそがヒーローなんだなって思ったんだよ」

裏社会の市場でパイモン達に向けられた感情、命を懸けて他勢力のヴィランと戦い、孤児院まで世話するその姿はヒーローそのものだった。

俺がどういう気持ちで言ったのかはパイモンに伝わらなかったのだろう。パイモンは一度目を見開くと、すぐに子供っぽい笑顔を見せる。

「変なジョーカー。僕達はヴィランだよ？　ヒーローはジョーカーじゃん」

そうなんだよな、俺はヒーローで、パイモン達はヴィラン。

確かにその通りなんだけどな。

「……はるひこ？」

と、俺らしくもないな。

パイモンになんとも思われてないようだったが、マリシには気付かれてしまった。

俺はできる限り普段通りの笑顔でマリシの頭を撫《な》で——ることはできないな。

「……なんでもないぞ。こんなにいっぱい持ってるからな、少し疲れたのかも」

「……ファイト」

「もちろん！　パパは力持ちだからな！」

「……パパじゃない」

「貴方達、いつまでボサッとしてるのよ。子供達が待ってるわ」

教会の入り口で待っているシルヴィアに急《せ》かされ、俺達は教会の中に入っていった。

修繕の痕跡が目立っていた外観とは違い、教会の中は蜘蛛《くも》の巣や埃《ほこり》が充満しているわけでもなく、意外にも掃除が行き届いていた。

「シスター、来たわよ！」

中に入って早々、シルヴィアが声を上げる。

「はーい、今行きますね！」

するとすぐに教会の奥から一人のシスターが姿を見せる。

シルヴィア達より心なしか幼く見える容姿をしていたが、シスターという聖職者の服装も相まって不思議な神聖さを感じさせた。

うん、普通に可愛《かわい》い。というか美女シスターだ。

「やっほーシスター！　遊びに来たよー！」

「お待ちしてました。子供達も今日はお二人が来るので普段よりいい子にしてますよ……あら？」

ニコニコと人当たりのいい笑顔を見せるシスターは、部外者がいることに気付いたように声を出す。

「どうも、最近シルヴィア達のところで世話になっている……ジョーカーって言います」

本名を名乗るか迷った俺は、とりあえずパイモン達が普段から呼んでいる方で名乗ることにした。

「私達の下僕よ、シスターも小間使いのように扱って構わないわ」

「もう、よくないですよシルヴィアさん？」

どうやらシスターは雰囲気だけじゃなく性格も優しそうだ。

そうだよな、普通下僕とかおかしいよね？

「……マリシ」

偉い！　初対面の人に自分から挨拶できるなんて凄いじゃないか！

あとは俺の後ろに隠れてなければ満点だったな。

「あら、ご丁寧にありがとうございます。私はここでシスターをしている者です。よろしくお願いしますね、マリシちゃん」

「……よろしく」

「シスター、私達は子供達の食事を作るわ。そこの下僕は子供達の遊び道具にしちゃって構わないから」

シルヴィアはそう言い捨てると教会の奥にズンズンと進んでいった。

「いつもありがとうございます。シルヴィアさん達には感謝をしても……」

「はいはい、シスターはいつも堅っ苦しいよ！　僕達は好きでしてるんだからさ、もっとフランクにいこうよ」

ふむ、別に子供達の遊び相手をするのは構わないけどさ。もうそろそろ人として扱ってくれてもいいと思うんだよなぁ。

なんて考えていてもシルヴィアが俺の意見を聞き入れるとは思えないな。協力者という立場でもあるし大人しく従うしかないか。

「ジョーカーさん、こんなに食材を持ってきてくださったのに、子供達の遊び相手まで……。申し訳ありません」

両手を重ねて九十度に腰を折るシスター。

「シスターが謝ることなんてないですよ。食材を買ったのはパイモンだし、子供の遊び相手も慣れてますから」

というか顔を早く上げてください、シスターに頭を下げられると物凄《ものすご》い居た堪《たま》れない気持ちになっちゃうから。

シスターは顔を上げると汚れのない笑顔を見せる。う〜ん、控えめに言って女神。

「この食材を置いてくるんで、そしたら子供達の所に案内してください」

「分かりました。お待ちしておりますね」

正確に測ったのかと思えるほど綺麗《きれい》に四十五度のお辞儀をするシスター。

奥に消えていったシルヴィア達を追って、巨大なキッチンに食材を置いた俺はシスターに連れられて子供達の遊び相手をすることになった。

「よっ、ほっ！」

「うぉおおお！　すげえええ！」

「超人だ！　超人お兄ちゃんだ！」

子供達の遊び相手をすることになった俺は、子供達の視線を独り占めしていた。

何をしているのかと聞かれれば、ブレイクダンスと答えよう。

ヒーローとして身体操作術をマスターしている俺に掛かれば、前世では不可能に近い離れ業も可能だ。

二本指で逆立ちをしている状態からの指腕立て、そこからバランスを崩したように見せかけてのウィンドミル。

さらに立て続けに大技を決めていけば、男の子も女の子も楽しそうに喜んでくれた。

「ねー兄ちゃん！　もう一回！　もう一回やって！」

「次は何やるのにーちゃん！」

「お兄ちゃんコッチで遊ぼうよ！」

ま、元々は女の子にモテるために覚えたんだけどね。結局見せる相手もいなくて腐っていたスキルが、こうして日の目を見ることができたのは感慨深い。

子供達にあっちにこっちにと引っ張られていると、一人の男の子が部屋の隅っこでぼーっとしているマリシに近づいていくのが見えた。

「ねーねー、君はどこから来たのー？」

「……あっち」

マリシは考える素振りも見せずにピッと指をさす。

……絶対適当だろ。

でも不思議なことに、小さい子供同士の会話にもなればそれだけの情報で事足りる。

「そうなんだ！　ね、あっちで一緒に遊ぼ！」

いや、違うな。なんでもいいのか。

マリシは特に嫌がることなく、男の子に手を引かれて俺の近くに寄ってくる。

「ねーお兄ちゃん！　この子もいっしょに遊ぼ！」

「……遊ぶ？」

「よーし！　それじゃあ、だるまさんが転んだでもするか！」

「だるまさんがころんだ？」

「なにそれー」

な、なんだと……っ⁉

だるまさんが転んだを知らないのか⁉

「シ、シスターは知ってますよね？　だるまさんが転んだ」

近くで子供達を微笑《ほほえ》ましげに見守っていたシスターに慌てて確認する。

だが、俺の希望はシスターの言葉で砕け散ることになった。

「ご、ごめんなさい。私も知らないです……だるまさんって、あの赤いだるまですよね？」

なんということだ、PF能力とかいう摩訶不思議《まかふしぎ》エネルギーだけかと思っていたが、思わぬところで差が生まれていたとは……。

「お兄ちゃん、それってどんな遊び？」

「おもしろいのー？」

「おしえてー！　やろうよー！」

ジェネレーションギャップならぬワールドギャップに驚いている俺に、子供達が無邪気に集まる。

ま、知らないなら教えればいいだけか。幸いだるまさんが転んだのルールは単純だからみんなすぐに慣れてくれるだろう。

「そうだな、だるまさんが転んだって言うのはだな――」

この世界に転生して二十年になって知った新たな事実に、俺は少しだけ戸惑いながらも子供達に前世の世界の遊びを教えることにした。


昼の時間を少し過ぎたあたりで、料理を作り終えたシルヴィア達がようやく顔を出しに来てくれた。

「つ、疲れたぁ」

「あはは〜、ジョーカーだらしなーい」

「……だらしない」

パイモンとマリシのダブルパンチを受けながら、俺は大の字で寝転がって肩で息をしていた。

ツンツンするんじゃない、こっちは疲れ切っているんだ。

「こ、子供の体力を侮っていた……」

最初はよかった、だがすぐに子供の中に眠る無尽蔵のエネルギーに俺の体は付いていけなくなってしまった。

ＰＦ能力者以上に体力があるとかおかしいだろ、未《いま》だに駆け回っている子供達を見ると全員が能力者なんじゃないかとさえ思えてくる。

「あの子達に真正面から挑む時点で貴方《あなた》の負けよ」

シルヴィアが寝転がっている俺のすぐ頭上で腕を組んで、情けないとばかりにため息を吐《つ》く。

だが、俺にはシルヴィアがどんな表情をしているのかを知るすべはなかった。なぜなら真下からのアングルで見えるのはシルヴィアのたわわに実っている果実だけだったからだ。

なんて素晴らしい眺めなんだ。素晴らしき世界に俺の疲れ切った心が癒やされていく。

……できればもう少し前に来てくれないだろうか、そうすれば絶景が拝めるのに。

「シルヴィア」

「なにかしら」

「少しだけでいいんだけど、一歩半ぐらい前に移動してくれないか？」

「？」

少しだけ訝《いぶか》しむシルヴィアだったが、一歩半前に移動する。

俺のすぐ頭上、というよりは跨《また》ぐ寸前まで近くなった景色。

お、ぉお！　これだ！　これこそ浄土《じょうど》ヶ浜《がはま》！　極楽浄土はここにあったんだ！

すらりと伸びるふくらはぎから太ももの優雅な曲線美、上に行けばピッタリとした戦闘服が微《かす》かな凹凸すらも魅せてくる。

腰から上に視線をずらせば組んだ腕に乗る暴力的な胸！　惜しむらくはシルヴィアのご尊顔を拝めないことのみか。

「……はるひこ、顔がおもしろいよ？」

「あっはっは！　ジョ、ジョーカー顔がにやけまくってるよ！」

「あ、こらっ！」

やめろよ！　シルヴィアの視界からだと俺の顔が見えないから遠慮することなく眺める

ことができているんだぞ！　それじゃあまるで俺が変態野郎で、シルヴィアの体を舐《な》め回すように見ているみたいじゃないか！

もう少しじっくりねっとり見させてくれてもいいだろ⁉

すぐさま二人の口を塞ぐが、閻魔《えんま》様の採決は既に執り行われていた。

リフェクトリーテーブルと呼ばれる大型の食卓に料理が並べられ、昼食のために子供達を含めた全員で席に着く。

「だ、大丈夫ですか？」

「ハイ、ダイジョウブデス」

俺は心配するシスターにどうにか動く口で答える。

そりゃ、さっきまで普通だった相手の顔が表面積を五割増しにしてたら驚くよね。

「ジョーカーってホントに頭の中が子供だよね」

「いや、むしろ大人な世界が広がってるんだぞ？　ただ常人にはそれが理解できないだけで」

「もっと悪いじゃん」

「あは、アハハ……」

乾いた笑いを零《こぼ》すシスター。

「ほら見ろ、シスターは分かってくれてるぞ」

「呆《あき》れてるんだと思うよ？」

バ、バカな……。

「お兄ちゃん！　はやくごはん食べようよ！」

「おなかすいたー！」

「パトラお姉ちゃんー！」

「……お腹《なか》」

「あーはいはい、そうだよねーお腹空《す》いたよねー」

席で大人しくしていた子供達が堰《せき》を切ったように、食欲をテーマにした大合唱が始まる。

そらあれだけ動いていれば腹なんて空きまくりだろう。

「それじゃあみんな、今日のお昼ご飯を作ってくれたシルヴィアさん達に感謝していただきましょう！」

「「「ありがとうございます！」」」

「……早く食べちゃいましょう、ご飯が冷めちゃうわ」

「あははー、シルヴィアって毎回照れてるよねー」

そこからは談笑する暇もない、仁義なき戦いが始まった。

「……いただきます」

「あー！　それぼくの！」

「おいしい！」

「……ピーマン、きらい」

誰だっ！　全国のピーマン農家さんを敵に回すような発言をした子は⁉

比較的近くで聞こえた声、そして下を見ると俺の皿で勢力を拡大するピーマン。

そしてまた一人、視界の端から侵入してきた箸によってピーマンが投入される。

「マリシ？　好き嫌いはダメだぞ？」

「……違う」

「ならどうして俺の皿にピーマンを現在進行形で移動させてるんだ？」

「……気のせい」

せめて忙《せわ》しなく動いている働き者の手を止めてから言ってくれ。

「ほら、好き嫌いしてると背が伸びないぞ？　あそこのお姉ちゃんを見てみろ」

俺は向かいの席でピーマンのみならずナスやパプリカ達を、知らん顔しながらシルヴィアの皿に移しているパイモンを指さす。

「……？」

「あのお姉ちゃんは好き嫌いしているから体が大きくなっていないんだ、そして――」

パイモンが逐次投入してくる野菜に気付きながらも、憎まれ口も叩《たた》かず次々と口に運ぶシルヴィアを指さす。

「ああやって、なんでもいっぱい食べる人は色々大きくなるんだ」

「……ぉお」

「な？　だからマリシも好き嫌いせずにいっぱい食べるんだ」

「悪いことを言っているわけじゃないのに、聞いていて凄《すご》く腹立たしいわ」

「いいんだもーん！　僕の体はどうやってもこの体形から変わらないって決まってるんだからさ！」

そういえばそうだ。ＰＦ能力者の特異体質の一つで俺達の体は最適な状態を保つようになっていたんだった。

つまり本人がいくら努力したところで、成人している能力者の体形は殆《ほとん》ど不変であり成長することは限りなく絶望的だ。

「パイモン、なんて可哀想《かわいそう》な娘《こ》っ！」

「僕は別に不満ってわけじゃないんだけどさ。そんな憐みの目を向けられると悲しくなってくるよ」

「……私、パイモン、好きだよ？」

「わーいなんだろう、その四文字に色々詰まってそうだね……」

どうしたパイモン、手に持っている箸が軋《きし》みを上げているぞ？

「……じゃあ、食べさせて」

「まったく、仕方ないな。ほれ」

俺の皿で小山となっていた野菜を箸で摘《つま》んで、マリシの口まで持っていく。

「……あーん。んぐ……んぐ……」

嫌いではないと否定をしていたマリシだったが、他の料理とは違い動く口は酷《ひど》く緩慢だ。数回咀嚼《そしゃく》した後、体に力を入れて飲み込むと「……うへぇ」とマリシはぐったりしてしまう。

「まだ一口目だぞ、ほら次だ」

皿に形成されている小山は未だ健在、再びマリシの口元まで野菜を運搬。

これにマリシは口を閉じて抵抗。

「……んー」

「んーじゃない、ほら、ナイスボディ目指してがんばれ」

「子供相手にセクハラ発言、貴方一応でもヒーローなんだから言葉を選びなさいよ」

なにを言うか、小さい頃からの意識付けほど大切なものはないんだぞ？

ＰＦ能力者はなまじ生活習慣病とかに罹《かか》らず、容姿も優れる人が多い。だからこういう基本的なところが無頓着になりやすいんだ。

「俺達みたいなＰＦ能力――」

「ねーねー！　お兄ちゃんヒーローなの!?」

「えー！　ウソだー！　だって僕しってるよ、本物のヒーローってかっこいいんだもん！」

「……はるひこは、ヒーロー」

そうだマリシ！　言ってやれ！

「……ちょっとエッチなだけ」

だめだマリシ！　なにも言うな！

ほら、子供達からの俺に向ける視線が残念な目になってしまったじゃないかっ！

「マリシにまで言われちゃったねー」

「子供でも分かるぐらいにやばいってことに気付くべきよ」

「あ、あの……。ジョーカーさんって、エ、エ、エッチ……なんです、か？」

「断じて違うぞ！」

「そ、そうですよね！　私ったら変な誤解をしてしまって、そうですよね。子供達にあんなに良くしてくれてる人がエッチだなんて」

あ、危ない。純心無垢《むく》なシスターにまでシルヴィア達みたいな蔑む目で見られた日には、俺は帰ってこれなくなってしまう。

「でも、ジョーカーはシルヴィアのおっぱいを揉《も》んだよね」

「……」

「あっ！　シスターからゴミを見るような空気を感じるっ！」

なまじ事実だから否定もできない。

いや、まだ挽回《ばんかい》できる！

「ち、違うんだシスター。確かに俺はシルヴィアのおっぱいを揉んだ。だけどそれはお互いに合意した正当な行いなんだ！」

「シ、シルヴィアさんが……⁉」

「違うわよ、ただの挑発だと思ったの！　そしたらコイツが本当に揉んできたのよ！」

「やれるものならやってみろー！　て言った二秒後には揉まれてたよね」

「パイモン！　あの時貴方《あなた》見てたわねっ⁉」

そういえばあの時、俺がシルヴィアを捕まえようとしたタイミングで助けに来てたな。

どうりで絶妙なタイミングだったわけだ、最初からずっと見てたのなら納得だ。

「違うよ！　あの時はシルヴィアが勝手に飛び出していっただけじゃん、僕を置いてさ！」

「起こしても起きなかったのはパイモンじゃない、私のせいにされても困るわよ！」

……あのー、俺を置いて場外乱闘を始めないでくださいませんか？

ま、おかげでシスターには辛《かろ》うじて体裁を保てただろう、きっとそうだ。別にシスターの方を見ないのは怖いからじゃないぞ？　本当だぞ？

「ねー、お兄ちゃんはほんとうにヒーローなの？」

シルヴィアとパイモンがヒートアップしてるにもかかわらず、子供達はマイペースだ。見慣れたやり取りなんだろうな。

「そうだぞー、まだまだ新米だけどな」

隣に座っている男の子が目を輝かせる。よせやい、照れるじゃないか。

「じゃあさじゃあさ！　シルヴィアさん達と同じってことだよね！」

「シルヴィア達もヒーローなんだよー！」

男の子の向かいに座っている女の子も賛同するように手を挙げながら、自慢するように言う。

ここではシルヴィア達もヒーローなのか。

「僕達ね、みんなパパとママがいないんだ。死んじゃったんだって」

「わたしはここに捨てられたの」

「オレはパパがいたけど、イタいことばっかされるから逃げてきたんだ！」

それは不思議な光景だった。

子供達が口にする言葉はどれを取っても決して気分のいい内容じゃない、誰が聞いても耳を疑う悲しい話ばかり。

でもそれを話す子供達の表情に曇りなんて微塵《みじん》もない、清らかで日の光のように明るい。

理由はきっと——

「シルヴィアさんとパイモンさん、そしてドクターさん達が子供達を助けてくれたんです。私を含めて」

胸の奥にあるなにかを噛《か》みしめるように、シスターが温かな笑顔で教えてくれる。

「確かに、これじゃシルヴィア達の方が俺なんかよりヒーローらしいですね」

「ふふ……」

シスターは小さく笑うと、身を乗り出して顔を近づけてくる。

え、ここに来てキスシーン⁉　シスター、聖職者である貴方とそんな……。でも、シスターだって女の子で周りを見ても大人の男は俺だけ、彼女の心の隙間を埋めるのは俺にしかできないんだ……。覚悟を決めろ幡部晴彦《はたべはるひこ》。

「んー」

「ごめんなさい、シルヴィアさんが外の世界では犯罪者だって知ってるんです」

「……」

「でもこの暗くて怖い世界ではシルヴィアさん達が、大きな受け皿から零《こぼ》れてしまった私達にとってのヒーローなんです。だからどうか、この人達を捕まえないでくださいね」

小悪魔のようなウィンクをするシスター。

「あ、あの……ジョーカーさん？　どうして泣いてるんですか？」

「……気にしないでください」

「で、ですが」

「気にしないでください」

泣いてなんかない、ただ少し天井のシミを数えようとしてただけ。

「……はるひこ」
マ、マリシ……。俺を慰めてくれるのか？
お前はなんてできた娘なんだ、パパはそれだけでまんぞ
「……チュー、する？」

バ、バレてるぅうっ⁉

ファーストキスという甘い誘惑にまんまと引っかかってしまった。チェリーボーイの恥部を見られた上でフォローされてしまった……。

「ありがとうなマリシ、だけどそういうのは最低でも後十年は先だから」

「……十年ぐらい、もう経《た》ってる」

「え、十歳超えてるの？」

「…………違う」

「どっちなんだよ……」

俺の戸惑いを解消してくれることなく、マリシはぷいっと顔を背けてしまう。

最後の砦《とりで》だったのに、間違えて機嫌を損ねてしまった。

だが、子供なら根拠のない見栄《みえ》を張ったり、大人に見られたいと思うことはままあることだ。

それを受け止めてこそのゴッドファーザー！　マリシのセカンドファーザー！

「そうだなー、マリシはもう大人だもんなー」

「……チュー、する？」

「ファーストキスは好きな子とするもんだぞー」

そう、俺のように大切にするんだぞ？

「……もう、いい」

失敗だ。マリシが顔だけじゃなくて体ごと背中を向けられてしまった。

にしてもマリシは少々早熟過ぎじゃないのか？　俺の子供の頃なんて好き嫌いに恋愛感情はなく、あったのは面白いかどうかだったな。

今はこうして俺に好意を見せてくれてはいるが、そのうち好きな相手ができて、パパなんか嫌い！　って言われるようになるんだろうか……。

おっと、あそこのシミはなかなか面白い形をしているな。特別にツーカウントしてやろう。

「チッチッチ、ジョーカーは女心が分かってないよねー」

パイモンが人差し指を立ててメトロノームのように左右に振る。

「絶賛センチメンタルに浸ってるんだよ、親心を知らないお子ちゃまは引っ込んでなさい」

「ジョーカーだって親になったことないくせに」

「ほら、俺はマリシのパパですから」

俺とマリシのやり取りを見てなかったのか？　これほど仲睦《むつ》まじい姿は親子のそれ以外に何があるというんだ？

「……違う、知らない人」

「それでパイモン、シルヴィアとの口喧嘩《くちげんか》はもういいのか？」

「うわ、スルーした」

親子の関係でも時として距離を置く必要もある、重要なのは距離感を大切にして真摯に向き合うことだ。

「……変態、嫌い」

後でアイスを買ってあげよう、大切なのは純然たる賄賂だ。だから変態と嫌いの両方を同時に使うのは止《や》めてください。

「口喧嘩もなにも、私達がすること自体おかしいわよ」

「ジョーカーが悪いのに、僕達が言い合いするのも変だからねー」

「どうして俺が悪者に……」

俺が一体なにをしたというんだ。ただ少年心を忘れず大切にしているだけじゃないか。いわれのない誹謗《ひぼう》に不貞腐《ふてくさ》れた俺は鬱憤を晴らすべく、皿の上に大きく山盛りとなった料理を掻《か》き込んだ。

ん？　山盛り？

「マリシ……？」

「……けぷっ……。お腹《なか》、いっぱい」

わざとらしく腹を膨らませたところで騙《だま》されんぞ、全力で膨らませてるからプルプル震えてるじゃないか。

「ほらジョーカー、残さず全部食べちゃってよね。残してるのジョーカーだけなんだからさ」

「パイモン、お前も偏った食い物ばかり残してなかったか？」

「ふふーん、僕は大人な女性だからね。そんなのパパッと食べちゃったのさ」

ツルッとした胸を張ったところでちっぱいの哀愁が漂うだけだと何度言ったら……。

「ジョーカー？　早く食べた方がいいんじゃないかな？」

「あ、はい」

俺は山盛りになった野菜達を黙々と口に放り込んだ。

昼食を済ませると、遊び足りないと言われてしまい、俺と子供達の第二ラウンドが始まった。

シルヴィアやパイモンを交えると子供達のテンションは最高潮にまで達した。

「は、早くベッドで眠りたい……」

「ううう、疲れたよ～」

「……」

最終的に俺達は子供達が満足するまで遊び相手になり、教会を出る時には太陽が沈みきっていた。

隠れ家までの道中、俺達の中で唯一シルヴィアだけが弱音を吐いていないのは、プライドなのだろうか。

「……っ⁉」

あ、違うな。単純に疲れ過ぎて弱音すら吐けないんだ。

今も歩きながら睡魔と戦っているシルヴィアは、首を振って一時的にでも眠気を遠ざけようとするが、数秒後にはまた頭がゆらゆらと揺れ始めてしまう。

「……んぅ」

唯一、マリシだけが俺の背中で爆睡をかましている。

背中でマリシの体が小さく膨らんでは萎《しぼ》むのを一定のリズムで繰り返していた。

「パイモン達は毎回こんなになるまで相手をしてるのか？」

「ん～、普段でもこうはならないんだけどねー」

「貴方《あなた》がいたからじゃない？　特に男の子は新しいお兄ちゃんができた気分だったんでし

よう」

「ちょっと照れるな……」

「あはは～、ジョーカーってそういうところ初心《うぶ》だよね～」

俺を揶揄《からか》っているつもりなんだろうけど、普段の元気さが全く感じられない。

惰性で喋《しゃべ》っているみたいだが、パイモンからすれば俺も同じように見えてるんだろうな。

「と、とりあえず今日はもう疲れたから早く帰ろう」

「そうだね～」

「今ばかりは賛成ね」

ヒーローとヴィラン、ＰＦ能力者として情けない姿かもしれないが、それだけ子供達が持っている無限回路は偉大ということだ。

疲れ切り、緩慢な足取りでも歩き続けて隠れ家まで到着した俺達は、一刻も早い睡眠を求めた。

「あ、ジョーカー！　やっと帰ってきたのね、驚かせようと思ってたのに遅いから心配しちゃったわよ」

ダメだ、極度な疲労でついには幻覚と幻聴まで発症している。

琴音《ことね》が隠れ家のリビングで待っているはずがない。だって彼女は特務で俺のサポート任務に就いているんだから。

あれ、でも少し前からコマンダーに代わったんだっけか……。ま、どうでもいいや、それより早く寝よう。

「ちょ、ちょっと！　無視しないでよ……。私、待ってたのよ？」

あー、この幻覚は凄《すご》い。まるで琴音が本当に目の前にいるみたいじゃないか。

「……ね」

「ね？」

「……寝るか」

「そうね、もう遅い時間だし寝ましょ……。ぇ？」

俺にこんな才能があったとは思いもしなかった。

ま、夢でも幻覚でも妄想でもなんでもいいや。

ぽかんとした表情の琴音（幻覚）の手を摑《つか》む。

「え、ぇえ⁉　ジョ、ジョーカー！　ここここういうことはまだ私達には早いっていうか、し、しっかりとした順序とかあると思うのよ！」

うるさいなぁ……。俺は眠いんだよ。うるさい口は閉じてください。

「んぐぅうっ⁉」

俺の胸を叩《たた》いて抵抗する琴音、だけどやっぱり幻覚だな。叩かれてるはずなのに全然衝撃を感じない。

ドンドン！　じゃなくて、ポフポフなんて間が抜けた効果音でも聞こえてきそうだ。

あ、でもいい匂いだ。

「ん、ん⁉　んんんん！」

落ち着く……。少し甘くて、花のようで、心が温まるような、いつまでも感じていたくなる匂い。

こんな匂いに包まれて寝られるのなら、それはきっと……凄くいい夢が見られるんだろうな。

「んーーー！　うん！　んん、ん……」

俺は急いでベッドに倒れ込む。心地のいい匂いを逃がさないように、壊れてしまわないように、胸に抱いて……。

次の日──

我、起床なりけり。

「……」

「……」

腕の中に薄ピンク色の球体ありけり。

球体にモゾモゾと動きありけり。

薄ピンク色の球体には可愛《かわい》い顔がありけり。

我の腕に抱かれる形で琴音……ありけり。

「……」

「……」

「…………」

「…………きゃ」

「あぁあ、あああああああああ！」

我、童の帝、卒業なりけり。

童帝

4章　奇襲

なぜか俺の腕に抱かれ、可愛らしく頬を紅色に染めた琴音《ことね》に事情を伺うことにした。

もしも、友人関係から一歩先の関係になったのであれば、事実は事実として受け止めなくてはならないからだ。

「昨日の夜よ、ジョーカーを驚かせようと思ってたのにジョーカーがその、わ、私を押し倒して……」

「ふむふむ」

ま、まさか俺はそのまま……⁉

「そのまま寝ちゃったのよ」

……なんだよ、勘違いかよ。

「ちょっと、どうして不貞腐れるのよ」

「べっつに〜」

全然気にしてませんが？　これっぽっちもがっかりしてませんが？

むしろ？　人生における初めての経験を覚えていない、なんていう一生の後悔にならずに済んだからむしろラッキー！　みたいなー。

「というか事前に連絡をくれてもよかっただろ？」

「特務長がサプライズだって言って箝口令《かんこうれい》があったのよ」

「徹底し過ぎだろ……。どうりで報告する時にコマンダーが出てきたわけだよ」

無口美少女のコマンダーに琴音はどうしたのかと聞いても、知らないだの報告をしろだのではぐらかされたわけだ。

「でもいいのか？」

「なにが？」

「だってここはこの国で一番危険だって言われてる裏社会だぞ？　しかもここらを縄張りにしているヴィランの隠れ家でもあるんだぞ？」

「なによ、私を無能だとでも言いたいの？」

「別にそう言いたいわけじゃないんだが……」

琴音のPF能力はお世辞にも戦闘向けじゃないはずだ、たとえ身体能力が平均以上だとしても、女性一人でここに来るのは危険極まりない。

「私だって、無策で来たわけじゃないから。私の仕事、忘れたの？」

確かに、琴音はヒーロー用ガジェットの研究開発を任されているし、何度か手伝いとして琴音作製のガジェットのテスターにもなっている。

その中には直接的な攻撃が可能な物もある、が……。

「不意打ちとかされたらどうするんだ、馬鹿正直に真正面からこんにちはって挨拶してくるわけでもないんだぞ」

「だから分かってるわよ。そういうのも想定して準備してきてる。だから少しぐらいは信用しなさいよ」

「ねぇ、ジョーカー。もういいんじゃないのー？」

横から見ていたパイモンが入ってくる。

目が覚めてすぐに琴音と話し合いをしていることもあって、俺達の様子を見ているのはパイモンだけではない。

「いいから下僕は早く朝ご飯を作りなさいよ。そっちの事情なんて私達には関係ないんだから別の場所でしなさいよ」

「……はるひこ、うるさい男は嫌われるよ？」

シルヴィア、そしてマリシまでもが琴音に味方する。

おかしい、純粋に琴音が心配で言っているのに俺が間違ったことを言ってるみたいだ。

「えっと、琴音さんでいいのかな？　僕はパイモンって言うんだ、よろしくー」

「ご丁寧にどうも、琴音朱美《あけみ》です。よろしくお願いします」

「シルヴィアよ」

「……マリシ」

「俺が言うのも変だけど、一応琴音はヒーローでシルヴィア達はヴィランだからね？　敵同士だからね？」

挨拶するような関係でも、仲良くできる関係でもないんだけど……。

「へぇ……。貴方《あなた》がシルヴィアさんね……」

「さんはいらないわよ、お互いそういう間柄でもないでしょ」

「そうそう！　もっとフランクにいこうよ！」

「そう、だね。私もそっちのほうが助かるかな」

なーんですぐに打ち解けてるんですか？

「ジョーカーと戦ったことあるんですよね？」

「そうね、あれほど恥辱に塗《まみ》れた戦いは初めてだったわ」

「あはは～、もしかして僕達同じ被害者～？」

「そうですね、私は――」

「うわっ！　それすっご……。僕は――」

「パイモンはまだマシよ、私なんて――」

俺を置いて盛り上がる三人の美少女。女子って神秘に満ちてるな、出会って数分でここまで意気投合するるなんて。

三人の背景に薔薇《ばら》のカーテンが見えるようだ。

「た、楽しそうだなぁ……。俺もまぜ」

「「「……」」」

ん～、薔薇ってこんなに棘《とげ》があるのか。知らなかったな～……。

「し、失礼しましたぁ」

花に引き寄せられた虫が去ったことで再度盛り上がりを見せる淑女達。

一人疎外感に見舞われている俺の袖をマリシが引っ張ってくる。

「……」

親指をグッ！

「……はるひこ、私がいる」

「マリシィイイイ！　お前だけだ！　お前だけがパパの味方だぁあああ！」

「「「……」」」

なんだよ！　そんな目で俺を見るんじゃない！

俺を追い詰めたのはお前達だぞ！　もっと優しくしてくれよ！

だが怖くない、なんたって俺にはマリシという最愛の天使がいるんだからな！

マリシだけは俺を裏切らない！

「マーリシー、女の子同士で仲良くお話しよー」

「……」プルプル
「た、耐えるんだマリシ！　お前は強い子だ、頑張れ！」

「……私、がんばる」

よぉおし！　よく言ったぞマリシ！

「マリシ、こっちにお菓子あるわよ」

「……」ダラダラ
「あぁ！　涎《よだれ》が滝のようにっ⁉」

「……私、はるひこ……。ふぉーえばー」

た、耐えた！　三大欲求すら克服してみせるこの子は英雄だ！　俺とマリシの親子の絆《きずな》は誰にも負けないっ！

「マリシちゃん、ジョーカーの変身したかっこいい姿、見たくないかしら？」

「……　see you」

「流暢《りゅうちょう》っ⁉」

負けた……。

俺は旅立っていく天使の背を見送ることしかできなかった。


「というわけで。私も暫《しばら》くここにお邪魔させていただくわ、よろしくね」

「わーい！ 同居者が増えたー！」

「……ぱちぱち」

遠くで琴音達の楽し気な声が聞こえてくる。

そんな中、俺は一人、部屋の隅で土偶の置物と化していた。

「どうしたのよ、そんなところで黄昏《たそがれ》て」

「黄昏ているというより、居場所がないんだよ」

「あー……」

琴音達と俺を交互に見比べて納得するシルヴィア。

「納得するなよ、お前も同罪なんだからな！」

「貴方の自業自得よ、胸に手を当てて今までの行いを振り返ってから物を言いなさい」

やることもないので素直に従う。

今まで俺の行いと言われればやっぱりおっぱいだろう。シルヴィアから始まったおっぱいロードには数々の素晴らしきおっぱいの記憶が蘇《よみがえ》る。

「……俺、結構いい思いしてない？」

「何を振り返っているのよ」

「何というか、ナニというか……」

「貴方とまともに会話をしようとした私がバカだったわ」

せっかくシルヴィアの言葉通りに行動したのに、結果が思わしくないからって辛《つら》く当たるのやめない？

「俺のおっぱいに懸ける情熱は本物だぞ？」

おっぱいのためなら世界と戦える。

「私達、その本物の情熱による被害者なんだけど？」

「いや、まだパイモンのは揉《も》んでないぞ」

「堂々と言わないでちょうだい……。待って、もしかして朱美のおっぱいは揉んだってことかしら？」

既に下の名前で呼ぶまでに至ってるのか……心の距離の詰め方上手《うま》過ぎない？　もしかして前世で三人は盃《さかずき》を交わしてたりしないよな。

「揉んだぞ」

「よく生きてるわね、私だったらすぐにでも切り刻むわよ」

シルヴィアはどうしてこう、なんでもかんでも物騒な方向に持っていくんだろうか。

「なるほど、つまりシルヴィアはおっぱいを揉まれた琴音に嫉妬してる」

「なわけないでしょ」

「ですよねー」

不思議なことだが、俺とシルヴィアがこうして二人だけで話すことは今までなかった気がするな。

大抵はパイモンとシルヴィアでワンセットだし、俺に対するシルヴィアの当たりが強いのもあってまともに会話ができた記憶がないんだよな。

「貴方に聞きたいことがあるのだけど」

シルヴィアが俺の隣に座る。あ、凄《すご》くいい匂い。

でもこれに反応したらゴミのような視線を向けられるんだろうな……。静かに堪能しておこっと。

「パトラが襲ったのって朱美のことよね？」

「そうだな、しかも滅茶苦茶《めちゃくちゃ》いいタイミングだった」

もう少しで琴音と添い寝ができるところだったんだよなぁ。

「……おかしいわね」

「何がだ？」

「私達、青いウサギは民間人に極力危害を加えないようにしているのよ。金にもならないし、必要もないから」

昨日のパイモンとの会話をふと思い出す。

シルヴィア達は自分の縄張りに対する強い想《おも》いがある。孤児院もそうだし市場での反応を見ても、彼女達の行いは一般的なヴィラン像からは大きくかけ離れている。

「琴音のＰＦ能力が目当てだとか言ってたな」

「……朱美の能力って？」

「ノーコメントだ。本人が言うならともかく、俺が教えるのは間違ってるからな」

「それもそうね」

ま、いくらシルヴィアと琴音の関係が良好だといっても、ＰＦ能力者が自分の能力を簡単に教えるわけがない。

ましてや琴音は自身の能力で散々な目に遭ったのだ、いい返事は期待できないはずだ。

「ねー朱美。貴方のＰＦ能力って何かしら？」

「簡単に言うと電子機器に対してのハッキングかしら、副次的に脳が他の人よりも出来がいいみたい」

「教えてくれてありがとう」

んー、琴音ちゃん？

「琴音、教えていいのかよ？」

「別にいいじゃない、せっかくお友達になれたのよ？」

当然でしょみたいな感じに言われましても、貴方それでパトラに襲われたの憶《おぼ》えてる？

とはいえ、特務でも推奨はされていないだけで、能力の口外が禁止されているわけじゃないから、最後は本人次第だ。

俺としては危険が増える行為でしかないから止《や》めてほしいが、本人の意思を尊重するしかない。

「大丈夫、後で私の能力も教えてあげるから」

「あ、僕も教えてあげるー！」

「じゃ、俺も教えてあげるー！」

あわよくばシルヴィアとパイモンのＰＦ能力を知りたい。

「「変身能力でしょ？」」

「そうだった、とっくに教えてたじゃん……」

俺のバカッ！

「それでなんだけど、琴音の能力をパトラが狙うのっておかしいのよ」

「え、なんの話？　僕達にも聞かせてよ」

「パトラって、私のことを話してるの？」

「ええ、朱美の捕獲に失敗したってパトラが珍しく困惑してたわ」

琴音がパトラの名前にピクリと眉を持ち上げる。

「ええっ⁉　あ、朱美ちゃん大丈夫だったの⁉」

「目の前でピンピンしているじゃない。ジョーカーに助けてもらったから大丈夫だったわ」

シルヴィアとパイモンの反応はどうも変だ。あの時はともかく、今は彼女達が組織立って行動している実態を知っている。

組織の中心人物でもあるパトラの行動を知らされていないのは妙だ。

「もしも、琴音の能力を本気で狙うならシルヴィア達を連れていけば確実だったな」

実際、あの時シルヴィア達がいたら勝ち目なんてゼロだった。琴音もあっさりと連れ去られていたはずだ。

「それに、パトラはここの顔役でもあるのよ。だから外に出るにもそれなりの理由があるの」

「朱美ちゃんって意外とレアキャラだったんだねー」

「ゲームのキャラみたいに言わないで、最近沼ってるの」

「お、朱美ちゃんもやってるんだね！　僕達もゲームとかよくするんだー」

「それじゃあ今度一緒にやりましょう、こう見えて私かなり強いんだから」

アレは強いっていうか、反則じゃない？

悲しき犠牲者を生まないため、俺はパイモンに琴音の能力を教えようと口を開く。

「パイモン、止めておいた方がいいぞ、琴音は強いとかじゃなくて――」

「ジョーカー？」

「魅せプレイが上手いんだよこれが、はっはっは」

ごめんよパイモン。俺は鉱山でも健気《けなげ》に鳴いていたいんだ。

「凄いじゃん！　見たい見たい！」

あぁ、そんな目を輝かせてしまうなんて。見える、一方的に蹂躙《じゅうりん》されてドンドン目のハイライトを失っていくパイモンの姿が。

「話を戻すわね」

流石《さすが》シルヴィア、今は重要な話をしている最中じゃないか。

おや、マリシの頭がゆらゆらと揺れている。楽しい内容じゃないからな、仕方ないか。

「マリシ、コッチおいで」

「……んぅ」

まだ昼寝には早過ぎる時間だが、眠たげに目を擦《こす》りながら俺に抱っこされると、そのまま夢の世界に旅立つマリシ。

俺のことを頑《かたく》なにパパと認めないわりには距離感ないよな。

「すまん、続けてくれ」

「朱美には申し訳ないけど、パトラが襲うほどの能力には見えないのよ。少なくとも私の視点からだとね」

「んー僕もシルヴィアに賛成かな。僕達のチームは強引な勧誘はしないんだよね。みんなそういうのが嫌で集まってるぐらいだし」

だけど、それじゃパトラの行動に対する説明ができない。

俺が持っている青いウサギに対するイメージとは違うが、無理矢理《むりやり》にでも筋を通して考えてみる。

「つまり、パトラの行動は組織としての利益を求めてないってことかもな。パトラ本人、もしくは第三者の」

静かに、そっと手を添えるようにシルヴィアが否定する。

声を荒らげたわけでもないのに、場が静かになる。

「ん～、じゃあ直接本人に聞くしかないよね？」

「そうだな、俺達だけで話して見つかる答えでもないだろうし」

「ちょうどいいわ、私もパトラには会いたかったのよね」

面白味のないやり取りから夢の世界に旅立ったマリシを起こして向かったのは、俺がドクターと初めて接触した場所で、一目では他と見分けの付かない、コンクリートで建てられた無機質な建物だった。

中に入るとパトラの姿はなく、いつもの白衣を着たドクターが俺達に気付いて話しかけてきた。

「おや、私に何か用かね」

「ドクター、パトラって今どこにいるのか知ってるー？」

「知らないな。パトラに用事か？」

「そうなんだけど。この際ドクターでもいっか」

「違うわ」

「せめて言葉は選んでくれたまえ、パトラの代理なんてごめんだぞ」

パトラとドクターは組織の中心人物、シルヴィア曰《いわ》くパトラがいつもと違う行動をしていれば、ドクターが何か知っているのかもしれない。

「この子、朱美ちゃんって言うんだけど」

「あぁ、昨日の子だね」

どうしてドクターが琴音を知ってるんだ？

「昨日ここに来たのよ。ジョーカー達の隠れ家にいたのも場所をドクターに教えてもらったの」

「あ、なるほど」

ん？　俺はこれに納得していいのか？

「じゃあ話は早いよね。パトラが朱美ちゃんを襲ったって聞いたんだけど、本当？」

「そのことか。本当だとも、なんせパトラに依頼をしたのは私だからね」

「えぇっ⁉　そうなの⁉」

パイモンが驚くのも無理はない、なんせドクターを除くこの場の全員が耳を疑っているんだから。

琴音を狙っていたのはパトラではなくドクターだったのか。

「ど、どうして⁉　パトラにそんなことをさせたのよ！」

「どうしてと言われてもな、必要だったからとしか答えようがない」

「必要って……」

ショックを受けて言葉を失うシルヴィア。パイモンも口には出さないが気持ちはシルヴィアと同じなんだろう。

パイモンの強く握りしめられた拳がそれを雄弁に語っていた。

「ど、どうして私の誘拐なんて考えたのよ」

「ふむ……。君達は自分の能力をどこまで把握しているのかね？」

「ある程度は知ってるつもりよ。この力で貴方《あなた》が作った黒球を乗っ取ったんだから」

君達。それは俺にも向けられているのか。

「何ができるか、それは実体験に基づく観測結果だ。ＰＦ能力者の力はブラックボックスだ、我々は数パーセントしか解明できていない海を、海と評して語っているに過ぎない」

要領を得ない。だがドクターの言わんとすることは分かる。

自分の力を変身と表現することは多い。だが変身するまでのプロセスや変身形態の種類や条件、扱えているように思っている不思議な能力をその実、俺は言語化するすべを持っていない。

「それと私を誘拐しようとしたことに関係性があるのかしら、私を捕まえればブラックボックスの中を覗《のぞ》けると？」

「あるいは……」

「……ドクター、それって必要なことなのかな？」

ポトリと零《こぼ》すようなパイモンの声。ドクターがパイモンを見つめる。

「僕ね、ここが好きなんだ。だからここを守るためなら人攫《ひとさら》いも人殺しもするよ。でもさ、朱美ちゃんを誘拐しようとしたのって必要なことだったの？」

「……」

「答えてよドクター、僕って頭がそんなに良くないからさ。難しいことは分かんないけど、ドクターが必要だって言うならそれで納得するから、だから……」

パイモンとは二度戦っている。ここに来てからも行動を一緒にする機会が多い。普段から笑顔を絶やさない彼女の新しい一面もここで見てきたつもりだ。

それでも今、パイモンの顔を見ることはできなかったが、きっと見たことのない表情をしていたのだと思う。

「そう――」

ドクターが答えようとしたその時。

ドゴオオオオオン！

遠くからでも耳を覆いたくなるほどの轟音《ごうおん》が響く。次いで感じる少しの地揺れ。

すぐさまマリシを抱え、いつでも対応できる姿勢を取る。

「な、なにっ⁉」

琴音が驚いた様子で周囲を見るが、音の発生源は明らかに外だ。室内ではどう足掻《あが》いても状況を察知することはできない。

「敵襲だな」

ドクターは地揺れにも明らかな破壊音にも驚いた様子は見せず、淡々と事実を述べる。

パイモンとシルヴィアの面持ちが険しくなる。

「シルヴィア、パイモン。話の続きは後にしよう」

「分かったわ」

「うん、そんな話をしている暇はなくなっちゃったしね」

次への行動が早いのは、彼女達が普段からこういった事態に慣れていることの表れだろう。

「よっしゃ、ようやく仕事らしいことができそうだ」

少なからず俺もここには思い入れができたところだ、協力者としての役目を果たしてやろうじゃないか。

「僕とシルヴィア、それとジョーカーの三人で行こう」

「はぁ、貴方と共闘するなんて夢にも思わなかったわ」

「がっはっはっは！　そう言ってられるのも今のうちってね、俺の力を存分に見せてやる！」

できればヒーロースーツに変身するところを見せて、あの時の汚名返上もさせてもらおうじゃないか。

俺達が音の発生源を探すべく向かおうとすると。

「私も行くわ！」

琴音はそう言うが、彼女のＰＦ能力は直接的な戦闘には不向きだ。

「ダメだ、聞こえてきたあの音。明らかに能力者だ」

「朱美ちゃんの能力って聞いた限りじゃ戦闘はからっきしでしょ、行ったところで足手まといになっちゃうよ」

「そうならないために準備はしてきたわ！　だから大丈夫よ、絶対に足手まといにはならない」

どうして琴音がそこまで前に出ようとするのかが分からないが、相手の情報が一切ない状況では何が起きてもおかしくはない。

咄嗟《とっさ》の判断が求められる状況で物を言うのは経験だ、それが琴音にはない。確実に彼女を守り切れる保証はどこにもなかった。

「最悪、人を殺すかもしれないとしてもか？」

「ころっ……⁉」

シルヴィアが咎《とが》めるような目を向けてくるが、仕方がない。

たとえ琴音に嫌われたとしても、彼女の安全が最優先だ。

「まぁ、確かにさっきの音からしても並の能力者じゃなさそうだから、相手を気遣う余裕はないかもしれないけど、ジョーカーは大丈夫なの？」

「大丈夫って何が？」

「人を殺せるの？　それに、ヒーローが人殺しって色々問題じゃない？」

ヒーローが人を殺す。十文字に満たない言葉が生み出すにしては、それが与える影響は計り知れないかもしれない。

だけど。

「人を殺したことはない、でも覚悟はしてる。琴音はまだ知らないかもしれないが、特務においてはヒーローが人を殺すことは一定の条件下で黙認されている」

「……ッ⁉」

目を見開き、嘘《うそ》だと琴音が言外に表現する。

ただ、パイモン達も少なからず驚いている様子を見るに、普通に考えてあり得ないことなんだろうな。

「事実だ。色々条件はあるが、一言で言えばバレなければ標的を殺してもお咎めはない」

「でも貴方、私達と戦った時は殺そうとしなかったわよね」

「基本方針は他のヒーローと変わらずヴィランの捕縛だからな。それと、俺だって積極的に人を殺したいなんて思ってない」

あくまでも最終手段。あってないような特例措置だし、特務でも知っている者は少ない。

「でも……それじゃあ私は、なんのために……」

俯《うつむ》いてなにか呟《つぶや》く琴音。

そんな時間はないと分かっているのに、俺は琴音の方に足を向けようとした時。

「琴音朱美」

ドクターの声で動きかけた体が止まる。

見ればドクターは変わらずの無表情で琴音を見ていた。

「……何よ」

「何を焦っているのかは知らないが。今の君が行ったところで無駄だ」

「……だから、それじゃ意味が、ないのよ」

何が琴音をそこまで頑《かたく》なにさせるのだろう。

「君の能力はある程度知っている。君が現状で最もパフォーマスを出せるのはここだ、それは分かっているのだろう？」

顔は無表情なのに、勘違いかもしれないがドクターの声は、どことなく優しさが感じられた。

「前に出て共に武器を振るうのが助けとは限らない。我々は、我々にしかできないことをするべきなのだよ」

「……分かったわよ」

明らかに納得していない表情を見せる琴音。だけどそれでも一応の理解を示してくれた。

「ほら、君達は野蛮な渦中にさっさと向かうんだ」

「あっれ〜、朱美ちゃんには良さげなこと言ってたのに、僕達の扱い雑じゃない？」

「知らんな。君らはたった今証明された貧弱な頭の代わりに体を動かすのだよ」

もはや言うことはないとばかりに、ドクターは琴音を連れて部屋の奥へ行ってしまう。

残された俺達は首を傾《かし》げながらも、本来の目的を思い出して外へと走り出した。

「不満かね？」

ジョーカー達が出ていき、残ったドクターは未《いま》だ不貞腐《ふてくさ》れている琴音に声を掛ける。

「不満よ、私だって考えなしに言ったわけじゃないもの」

「ふむ、そこまで慕われているとは、ジョーカーが知れば嬉《うれ》しがるだろうな」

「貴方にとやかく言われる筋合いはないわ」

「その通りだな。私としたことが、存外楽しんでいるようだ」

クツクツと一人笑うドクターに、琴音の機嫌がさらに悪くなる。

「すまないね、私の周りには男女の話を持てるほどの人材がいないのだよ。故に、久しぶりに私も女としての楽しみができた、感謝するよ」

「それで、私は何をしたらいいのかしら」

「シルヴィア達が現場に着くまで我々にできることはないよ、だから」

ドクターは近くに置かれた椅子を二つばかり持ってくると、一つを琴音の前に置く。

「残された者同士、しばし親睦を深めようじゃないか。なぁに、君にも有意義なものになると約束しよう」

「今回みたいなのって普通なのか？」

敵がいると思われる場所へ常人では到底出せない速度での移動中、機会がなければ聞くタイミングが難しい話題を振ることにした。

「こんなにド派手なのはあんまりないよ」

「前にわざわざ挑戦状を出してきた馬鹿はいたわね」

縄張りにちょっかいを掛けてくる目的が闘争ではなく利益を求めてとなれば、今回のように街に被害を出すのは避けるはずだ。

「とりあえず、現場に負傷者がいないことを祈るしかないな」

「大丈夫でしょ、ここの住人はこういうことに慣れっこだから。勝手に避難してるよ」

「ヴィランとヒーローの戦いのすぐ横で、カメラを構えるような平和ぼけしてるような人はいないから安心しなさい」

絶妙にディスってくるな。それだけ平和な世界だということだろ？

流石《さすが》に俺も避難せずにＳＮＳに報告して逃げ遅れたなんてのは勘弁してほしいが。

「逃げられない人から死んでいくのよ、この世界は」

「はぁ、本当なら俺達が守るべきなんだがな」

敵が来て、それの対処に当たる。俺達が今やってることを突き詰めればヒーローとなんら変わりないじゃないか。

「先に言っておくけど、敵の数が同数以上にならない限り貴方《あなた》は手出ししないで」

多分、パフォーマンスの一環なんだろう。手段を選ばないのがヴィランのやり方、が世間一般の常識なんだけどな。

「シルヴィア達も大変なんだな」

「貴方に同情されるなんてまっぴらよ」

「そうそう、なんたって僕達は強いからね！　これぐらいへっちゃらだもん！」

戦場が近いことを本能で感じ取ったのか、向けられたパイモンの笑みには獰猛《どうもう》な雰囲気が混じっていた。

「琴音にはああ言ったけど、人殺しはなしだからな！」

「相手次第かなー」

「貴方には関係ないでしょ。私達の縄張りに手を出したバカがどうなろうと、私の知ったことじゃないわ」

勘弁してくれよ、甘いとか腑抜《ふぬ》けだとか言われても、俺はお前達にも人を殺してほしくないんだ。

最悪の場合は俺が止めに入るしかないか。

暫《しばら》く走り続けていると明らかに空気が変わった。シルヴィア達もそれに気付いて表情が硬くなっていく。

軽口もなく移動した俺達は破壊音の発信源だと思われる場所に到着した。

「うわ、こりゃひでぇな」

建物がいくつも破壊され、広い範囲が瓦礫《がれき》の山と化していた。

そして、瓦礫の山頂に三人の人影が悠然と佇《たたず》んでいた。

「ぅお！　やっと来やがったぜ！」

「はぁ、もう少し早く来てよね。ボク待ち疲れたよ」

「いいじゃありませんか、急《せ》いては事をし損じるとも言いますし」

三者三様の口調の人影は、全員が女性。容姿もパイモンとシルヴィアの間ほどだ。

赤髪のショート、緑髪のポニーテール、青髪のロング、それぞれが違う口調で違う髪型の彼女達は、全員が同じ容姿をしていた。

服はそれぞれの髪の色に合わせてはいるが、それ以外のデザインは統一されていた。

あ、全員スカートを穿《は》いている。ここ重要。

「三つ子？」

俺達の疑問を代弁するようにパイモンが口を開く。

「さっさとおっぱじめようぜ！　オレとやり合ってくれるのは誰だぁ！」

赤髪のショートヘアの女ヴィランが勝ち気で獰猛な笑みを浮かべ、好戦的に俺達を値踏みする。

「私、ああいうタイプの子って嫌いなのよね」

シルヴィアが刀を抜きながら前に出る。

「オレはウェヌスってんだ！　お前の名前を教えやがれ！」

「シルヴィア」

それ以上話すことはないとばかりにシルヴィが構えを取ると、ウェヌスと名乗った赤髪の女ヴィランが辛抱できないとばかりに走り出す。

「あっはっはっは！　おもしれぇ！　オレの遊びに付き合ってもらうぜえぇぇ！」

「遊ぶ、で私達の縄張りを荒らしてくれたのね……」

興奮状態のウェヌスとは対照的に、シルヴィアは至って冷静に見える。が、刀の柄《つか》を強く握り過ぎて白くなった手が、シルヴィアの心情を表している。

「あーあ、ウェヌスってば自分勝手過ぎない？　ボク達はどうするの」

「仕方ありません、捜し者は彼女達を倒してからにしましょう」

「おっけー、ボクも遊びに行ってくるよ」

「はい、行ってらっしゃい」

探し物と言ったたな、彼女達の目的は縄張りの乗っ取りや愉快犯でもないということか。

なら、俺がするべきは情報をできるかぎり引きだ――

「どっちがボクと遊んでくれるの？」

「ッ⁉」

いつの間に後ろに回り込んだっ⁉

「パイモン、こっちは俺が引き受ける！」

「おーけっ！　僕は残った青髪をやらせてもらうよ！」

「青髪なんて呼ばずにミネルヴァと」

パイモンが未だ動かずにいるミネルヴァと名乗った青髪の女ヴィランに向かっていくのを横目に、俺は目の前の緑髪の女ヴィランを注意深く見る。

なるほど、武器の類いは見当たらない。ＰＦ能力が武器の類いか、必要ないのか……。

「お、そこのお兄さんがボクの相手をしてくれるんだね？」

「どうやって俺の後ろに回り込んだ？」

「あはは、分からなかったんだ～。ざーんねんだなぁ……これじゃあすぐに壊れちゃうじゃん」

そう言い残すと、緑髪の女ヴィランの姿が残像のように消える。

瞬間移動じゃない、単純にコイツが速いのかっ⁉

「おっそいよぉ、ボクはもっと走りたいのにお兄さんが付いてこれなくちゃ意味がないじゃん！」

再度背後を取られ、そのまま横っ腹を蹴られてしまう。

「グッ⁉」

「ボクはユノ、短い間の遊び相手をよろしくね、お兄さん」

何がよろしくだ、挨拶なしに蹴ってきやがって！

だが速さの割にダメージは殆《ほとん》どなくて助かった。これでシルヴィア並みの攻撃力だったらやばかった。

「俺は……ジョーカーだ」

「あはは！　偽名とかずるいよね、ボクは本名を名乗ったのにさっ！」

ユノは再び高速で目の前から消えてしまう。

いくらダメージがないといっても、永遠に耐えられるほど弱いわけじゃない。

俺がここで負けてしまえば、シルヴィア達の足を引っぱってしまう……。

「ここでもやることは変わんないな……〝変身〟」

言葉をキーにして体が光に包まれる。

全身を奮い立たせる力の奔流は次第に形を作っていき、光が収まると全身がヒーロースーツに包まれていた。顔を包むヘルムが場違いな安心感を抱かせる。

「お、今回はちゃんとしてるな。しっかり白タイツとこの状態の変身条件がいまいち分かんないんだよな」

「なにそれ凄《すご》くかっこいいね！」

「そらどうも！」

ユノの姿は見えないが、好奇心に塗《まみ》れた声だけが耳に届けられる。

「ほらほら！　せっかくかっこよくなったのに、動かないんじゃサンドバッグと変わらないよっ！」

狩人《かりゅうど》が獲物の前に姿を見せないように、再び死角からの打撃の連打が俺を襲う。

だがさっきと違うのは、俺の防御力。

「ふんぬっ！」

「うぁわっ！」

全身に力を入れてユノの攻撃を全て受け切ってみせる。今の姿ならユノの攻撃をいくら食らってもダメージにはならない。

「攻撃が軽いぜ？」

「むー、なにキザったらしく言ってるのさ。ボクの姿だって見えてないくせに生意気だよ！」

姿を隠していたはずのユノが目の前に現れ、頰をぷくりと膨らませて不満を吐露する。

「減らず口は俺の防御を突破してから言うんだ、なっ」

当たらないとは分かっているが、それでも目の前に敵が現れたなら攻撃しない手はない。

振りかぶった拳は案の定、回避されてしまう。

「のろまな攻撃だね！　そんなんじゃ何回やったってボクには当たらないよ！」

スピード特化だがパワーの足りないユノ、パワーと耐久はあるがスピードが足りない俺。

被ることのないステータスの差が生んだ一種の均衡。こんなことなら他の二人のどちらかにするんだった。

それなら倒すなんて考えは一旦止《や》めだ。

「ユノって言ったな。お前達の探し物ってなんだ」

「なになに？　ボク達の捜し者を手伝ってくれるの？」

「内容によるな、それでお前達が満足して手を引くなら考える」

情報収集。彼女達に目的がある以上、戦わないという選択も取れるはずだ。

だが、俺の思惑は簡単に裏切られる。

「教えてあげてもいいけど、それなもっとボクと遊んでよ」

「遊ぶ？」

ユノもそうだが、赤髪の女ヴィラン、確かウェヌスと名乗った彼女も似たようなことを言っていたな。

「そ、ボク達って遊ぶのが下手だからさ、みーんなすぐ壊しちゃうんだよ。だからもっと、もっとも――っと！　ボク達と遊んでよ！」

「ならお人形遊びとかでもいいか？」

「オニンギョウ遊び？　何それボク知らない」

ま、まさかお人形遊びも前世限定⁉　嘘《うそ》だろおい！

「ならダルマ、もだめか。えぇっとなんだ、何があったかな……」

考えろ俺！　子供の頃いっぱい遊んだ美しき思い出を掘り起こすんだ！

「なんで他の遊びをしなくちゃいけないの？」

「なんでって、お互い攻撃が通用しないんだぞ。いくらやっても千日手にしかならんだろ」

「難しい言葉知ってるねー、でも」

ユノの脚が緑色の光を放つ。

まさかまだＰＦ能力を使ってなかったのかっ⁉

「ボクの力を知った気にはならないでよね」

光が形を成していく。それはまるで俺が変身する時と同じに見えた。

そして、光が次第に光力を失い、ユノの脚に取り付けられるように緑色の機械のような具足が姿を現す。

「ほら、もう一回。今度はかーなーり」

「がはっ⁉」

「痛いかもね」

な、なにが起きたんだっ⁉

気が付いたら吹き飛ばされていた。足首と腹部に激痛が走る。

「ほら、ダメージが入った」

油断も慢心もしてなかった。ただ単純にユノの力が飛躍している。

内臓をかき回される感覚に吐き気がこみ上げる。

「あーあ、たった一回でこれなんだもん。期待したボクの気持ちを返してよねぇ」

「な、なに終わった気に……なってるんだ」

「おー！　まだやれるの⁉　すっごいすっごい！」

無邪気にぴょんぴょん跳ねてんじゃねぇぞ？　明らかにあばら何本かやられてるんだぞ、立つだけで体が悲鳴を上げやがる。

だが、立てる。

「舐《な》めんなよ？　お前以上にやべぇお姉様の攻撃を受けたことがあるんだ。そんときに比べれば軽い軽い！」

半分は虚勢。だがもう半分は本心だ。

パトラから受けたあの一撃、胸を裂き、有無を言わさない絶対的で優雅な一撃。

あれと比べればユノの攻撃は軽い。だからまだ、俺の足腰は震えていない。

「ふぅん……」

再びユノの姿が消える。何度見ても彼女の姿を追うことはできないな。

だが捉えることはできる。

腹筋に力を入れて、尻の穴を締める。歯を食いしばって、目を見開く。

「ボクをバカにするんだから」

どこから来る？　後ろか、横か……いや。

「しっかり耐えてくれるよね？」

前だっ！

微《かす》かに感じる空気の流れからユノの位置を割り出す。そして体の前面に力を込める。狙うはカウンター。全力で一撃を耐えてユノを捕まえるっ！

「ユノ、もう時間ですよ」

第三者の声で、ユノの動きが止まる。

目の前に迫った足は、あと数センチの距離で俺を捉えようとしていた。

しかもコイツ……っ⁉　この状況だからこそ新たに知った真実に俺が驚いている中、ユノが一瞬にして距離を取る。

「ええーミネルヴァー。もう時間なのー？」

ユノの視線の先、そこには青色の機械の翼を持った青髪の女ヴィラン、ミネルヴァが悠然と滞空していた。

アレがミネルヴァのＰＦ能力なのか。

「おい、パイモンはどうした？」

ミネルヴァは乱れた様子もなく、とても戦闘をしていたとは思えない姿に嫌な光景が脳裏をよぎる。

表情に出ていたのか、ミネルヴァが小さく笑う。

「殺してはいませんよ、少し遊んでもらっただけですから」

「ほーら、ウェヌスも早くこっちに来てよー！　ボクだってちゃんとルールを守ってるんだからさ！」

ユノが俺の後ろに向けて声を掛ける。

「ちっ、ぜんっぜん遊び足りねぇ。オレと真正面から殴り合える奴《やつ》いねぇのかよ！」

憤慨しながら獰猛《どうもう》な表情を浮かべる赤髪のウェヌスが現れる。手には赤色の機械のガントレットを付けていた。

彼女もミネルヴァ同様、戦闘後とは思えないほどに汚れや傷の類いが見られなかった。

「殺していませんね？」

「わーってるよ、オレだってルールぐらい守るっつの」

「ほんとかな〜？　ウェヌスって頭がカーッてなったら言うこと聞かないじゃん」

「あぁ？　やんのかてめぇ」

「ふふーん、やってもいいけどボクに泣かされても知らないよー」

ウェヌスとユノのやり取り、目の前にいる俺を完全に放って行われているそれは、明らかにこちらを敵とすら見なしていなかった。

「二人とも、それは帰ってからにしてください」

「ちっ」

「はーい」

三人はそのまま立ち去ろうとする。が、ミネルヴァが足を止めて俺を見る。

「ワタシ達は数日後、また来ます」

それだけ言い放つと、ミネルヴァ達は本当に立ち去ってしまった。

「なんだったんだよ……ってそうじゃない！　パイモンっ！　シルヴィアっ！」

あの二人の戦闘力がユノと同じならまずい！

「ジョーカー、声、うるさい」

「私達は無事よ、一応だけど」

慌てて二人を探そうとしたところで、二人の声が聞こえた。

「よかった！　無事だった……」

安堵《あんど》した俺だったが、ボロボロに傷ついた二人の姿に言葉が出なかった。

パイモンは全身に擦り傷を、シルヴィアは打撲の痕が青あざとなって斑模様のように浮かんでいた。

「あはは、ジョーカーその姿。かっこいいね」

「それなら、まだ、マシね」

普段と変わらない口調で話す二人の姿に、ヘルムがあって助かったと思った。

「……かっこいいだろ？」

突如とした現れた三人の女ヴィラン。ウェヌス、ミネルヴァ、ユノ。

三つ子と思えるほどに同じ容姿で、三者三様の装いの彼女達との戦闘は事実上の敗北となった。

「手酷《てひど》くやられたものだな」

「うぅ〜痛いぃ……」

「別にこれくらい、掠《かす》り傷《きず》よ」

掠り傷とまとめるには手痛くやられてしまったものだ。

パイモンとシルヴィアのダメージはかなり大きい。ＰＦ能力者でなければ即座に入院となっていただろう。

「ま、君達の取り柄はその頑丈さと自己治癒力だ。二日もすれば大体の傷は完治しているだろうね」

「ジョーカーは大丈夫なの？　平気そうな顔をしてるけど」

「大丈夫だぞ琴音、俺も頑丈さが取り柄だからな」

とは言いつつも、実際のところあばらとか色々酷い状態ではある。

それでも数日もすれば完治してしまう。ＰＦ能力者の身体機能は化け物じみてるな。

「それよりも、今は情報をまとめる方が先だ。連中、また来るとか言ってたぞ」

「ホント、傍迷惑《はためいわく》だよね〜。できればもう来ないでほしいよー」

「弱気なこと言わないの。次来たら今度は私達がやり返すんだから」

パイモンは面倒だとばかりに項垂《うなだ》れるが、シルヴィアの言う通り、次の襲撃が確定している時点で俺達は戦うしかない。

そのためには、連中の目的を特定する必要がある。

「連中は探し物とか言っていたな」

「それなら、三人娘はアイツら関係じゃないってことでいいのかな？」

「現状の情報だけで判断するならそうだろう」

「面倒ね、ただでさえ厄介な連中に目を付けられてるのに……」

アイツらとは誰のことを指しているのだろうか。琴音を見るが首を振られてしまう。

「と、君達にはまだこのことを話していなかったな」

そんな俺達の反応に気付いたドクターが、タバコを取り出して火をつける。

落ち着いた動作でタバコを吹かし、空中に消えていく紫煙を暫《しばら》く眺めると再び口を開く。

「我々はとある組織から勧誘を受けている。ま、実際は脅迫のようなものだがね」

ドクターの口から出たのは、俺達が決して知り得ないヴィラン同士のネットワークに関するものだった。

「勧誘って、具体的にはどんなものなんだ？」

「彼らの目的は国家転覆らしいぞ。大それた野望を抱くには少々戦力不足らしい、足りない戦力を増やすための勧誘だ」

「そ、それって……」

声を震わせる琴音。その衝撃はヒーロー機関の一つに属している者からすれば、悪魔の言葉のように聞こえてしまう。

なんせ、俺達が守ろうとしているもの全てを破壊すると言っているのだ。

「絵空事だと思うだろ？　だが彼らはそれを成すために暗躍している。地を這《は》い、音を立てず、着実に勢力を拡大している」

「ドクターはその勧誘を受けたのか？」

「そんなわけないじゃん！」

俺の疑問に答えたのはドクターではなく、先ほどまで気だるげにしていたパイモンだった。

向けられる視線には、憤慨の色が見えた。

「パイモンの言う通り、私はこの提案を丁重に断ったさ」

「そ、それならよかった」

もしもドクター達が国家転覆に協力しているとなったら、当初の潜入任務を大きく超える事案に早変わりしてしまうところだった。

そうなれば、俺達がここから無事に帰れる見込みはない。

「端《はな》から穴の開いた泥船に乗り込むほど私もバカじゃない」

「そうよね……。国家転覆なんて、できっこないわ」

「私としては彼らが身に余る大願に酔い、できもしない計画を実行してくれることを願っているがね」

「なに、言ってるのよ……」

どういうことだ、計画には参加せず、だけど計画自体は実行してほしいなんて矛盾もいいところだ。

万が一彼らと呼ばれる組織の計画が成功した場合、計画への参加を断ったドクター達が立たされるのは絶望的な状況だ。

ヴィランが行う報復という名の蹂躙《じゅうりん》が待っているだけだ。

「そうすれば、ちょっかいを掛けてくる連中が丸ごといなくなるからね」

「で、でもっ！　もしも、もしも国家転覆なんてできちゃったらどうするのよ！」

「ならないさ、言っただろ？　穴の開いた泥船だと。計画が実行されたとして、彼らの大願が成就することはない」

ドクターは失敗することが分かっているから、自分達が関わらない状況下で計画が実行されることを望んでいるということか。

だが、失敗すると断言できる理由はなんだ？

「ドクター、アンタが開発している能力者だけが使える武器。あれを能力者全員に武装させれば国家転覆の実現性は高いと思うんだが？」

「ちょ、ちょっとジョーカー！　なんてことを言うのよ、それって私達が一番恐れてることをじゃない！」

琴音の言いたいことは分かる。

黒球に関係する情報を集めるために潜入した俺が成功の可能性を示唆しているのだ。もしかしたら、俺の発言でドクターの意見が変わるかもしれない。

しかし、俺にはドクターがそうしないという確信があった。

「前提として、たとえ国家転覆が成功する見込みがあったとしよう。私はそれでも彼らの勧誘を足蹴《あしげ》にするだろうな」

ドクターの言葉に琴音が目を見開くが、シルヴィア達はどこか誇らしげだ。

「私達が目指すものはそんな退廃的なものではない。たとえこの国の舵《かじ》を取る者が聖人君子であろうと、愚かで野蛮な蛮族だとしても。私達が武器を振るう理由は変わらない、私達の背中が泥に塗《まみ》れることはない」

「朱美ちゃんは心配し過ぎだよー、もう少し僕達を信用してくれてもいいんじゃないかな」

気を良くしたパイモンがいつもの無邪気な笑顔を見せる。

琴音は喉になにかを詰まらせた様子を見せるが、大きくため息を吐《つ》く。

「分かったわよ、少し神経質になってたみたい。ごめんなさい、酷いことを言ってしまったわ」

ペコリと頭を下げる。

「朱美、貴方《あなた》が気にすることはないわ。私達がヴィランであることに変わりはないのだし」

「分かってる、でも人として間違ったことをしたのなら謝るのが当然よ。だから謝らせて」

もう一度、一回目よりも深く頭を下げる。

顔を上げ、緊張から解放されたのか柔らかく口元を緩ませた。

「さて、話がズレてしまったな」

ドクターは吸い終わったタバコを捨て、二本目を取り出す。

　ポケットから手のひらほどのリモコンを取り出すと、天井に向けて操作する。

　すると天井から巨大なスクリーンが現れ、先ほどの戦闘の様子が映し出されていた。

「今回襲ってきた三人のヴィラン。彼女達は言動からも例の組織とは別だと仮定する」

「探し物と遊びに来たとか言ってたぐらいだもんねー」

「赤髪がウェヌス、青髪がミネルヴァ、緑髪がユノ。容姿以外に共通するのはＰＦ能力が武装の具現化ということ」

　映像では俺達の戦闘で彼女達が能力を使用する姿が見て取れた。

「ウェヌスはガントレット。破壊力も高く、防御力も高い」

「憎たらしいわね……」

　シルヴィアの振るった刀は、ウェヌスのガントレットによって容易《たやす》く受け止められてカウンターを返されてしまう。

「ミネルヴァは翼。空中機動を主とし、羽根を使った遠距離からの攻撃が中心だ」

「ビュンビュン飛び回るんだもん、攻撃が全然当たらなかったよー」

　パイモンのエネルギー弾の弾速は遅くない、だが空中を飛び回るミネルヴァには容易くよけられ、空中から鋭利な羽根による雨のような攻撃が降り注ぐ。

「ユノは具足。高速で動き、威力もウェヌスほどではないが高めだな」

「……」

俺の前にいたユノの姿が消え、一秒もしないうちに俺が吹き飛ばされる。

「相性が悪いわけではないが、客観的に見れば一方的に負かされたな」

「言われなくても分ってるってー、ドクター辛辣だよぉ」

「次は絶対に仕留める」

「……」

「ジョーカー、どうかしたの？」

映像を見つめて無言になっていた俺を心配した琴音が声を掛けてくる。

「一つ、気付いたことがある」

「えっ、もしかして相手の弱点とか⁉」

「あぁ、しかも致命的なヤツだ」

俺はユノと戦った時からとある疑念を抱いていた。もしも他がそうならと思っていたがやはりユノだけではなかったのか。

スクリーンに近づき、ユノとミネルヴァの二人を指さす。

「僕とジョーカーが戦った相手だよね」

「なによ、私と戦ったウェヌスのはないの？」

「だが、流石《さすが》はヒーローといったところか。私も彼女達について解析途中だったのだが」

「は、早く教えてよジョーカー」

なぜ俺以外誰もこの事実に気付かない？　そんな義憤に駆られた声は思いのほか大きくなった。

「パンツが見えない！」

「「「……え？」」」

「パンツだっ！　彼女達は三人ともスカートを穿《は》いている！　なのに、なのにだ……。映像で見えたのはウェヌスのパンツだけじゃないか！」

「「「……」」」

「見てみろ！　ユノはスパッツ、ミネルヴァなんか見せパンを穿いてる！」

「それ、多分ペチパンだよ。ジョーカー」

パイモンがおずおずと手を挙げる。

男の夢をあざ笑う悪魔の産物はペチパンと言うのか！　コイツだけは絶対に許さん！

「パイモンそこじゃないわ、こんな馬鹿げた話をするなら私は休ませ——」

「待ってシルヴィア、一応ジョーカーの話を最後まで聞いてみましょうよ」

「朱美、貴方……」

付き合ってられないとばかりに席を立とうとしたシルヴィアを、琴音が制止する。

琴音なら分かってくれると信じていた！

琴音に今日一番の笑顔を向けると、琴音は真顔になった。照れてるんだな、俺には分かるぞ。

「知っての通り、スカートとは男の夢だ。古代に生み出されたスカートは、どの時代でも世の男達にロマンと希望を与え続けてた」

「ジョーカー、なんか悦に浸ってない？　僕達なにを聞かされてるの？」

「スカートの中に広がる桃源郷。見えぬが故に広がる妄想の世界。ギリギリの境界線が魅せる圧倒的な魔力。スカートは単なる布地ではない！」

「確かに、見えないものに対する知的好奇心は薬物のように甘美なものだ」

「ドクター止《や》めて！　コイツに少しでも賛同しないで！」

シルヴィア、君は分かっていないんだ。ドクターが言った知的好奇心、まさに男達を掻《か》き立てるのはそこなんだ。

「だがっ！」

スクリーンを叩《たた》く。そこには男達の夢を真っ向から否定する卑劣なペチパンとスパッツ。

「これは男達に対する冒瀆《ぼうとく》だっ！　スカートに対する背徳行為だっ！　このような所業が

許されていいのか……俺は許さん！」

「……」

「朱美ちゃん大丈夫？　笑顔で体が震えてるよ？」

「俺は憶《おぼ》えている……琴音の縞《しま》パンを見た時の光景を……。アレは、いいものだった……」

「……」

「うぁ、朱美ちゃん可哀想《かわいそう》……」

「合図はいつでも、朱美」

シルヴィアがなぜか刀を構える。

どうしたんだろうか、ここに敵はいないのに……っ!?　そう、なのか……シルヴィアにも俺の想《おも》いが伝わったんだな！

俺と同じ義憤に駆られ、いても立ってもいられないんだな！　我が同士よ、共に立ち向かおう！

「彼女達は巨悪に縛られている！　ウェヌスはまだ巨悪の魔の手から逃れているが、時間の問題だ……」

拳を強く握って掲げる。

「これは聖戦だ。男達の夢を守らんがため、俺達はここで立ち上がるんだ！」

待っていろ、数十億人いる我が同胞よ。俺が、俺達が始める新たな時代に付いてこい！

「さぁ行こう！　俺達の後ろには守るべき者で犇《ひし》めいている！」

「シルヴィア……お願い」

「最後の一人になったとしても俺は戦い続けっちゅるっ⁉」

「……朱美ちゃん」

「聞かないで」

「うん……今日、美味《おい》しいもの食べに行かない？」

「私も一緒に行くわ」

「ありがとう……」

5章　リベンジマッチ

「ぐぁあああ！　また負けたあああ！」

小学生ぐらいの俺が、公園に休憩用に用意された区画で悔しさから地団駄を踏む。

テーブルの上には玩具《おもちゃ》の札束と、ミニチュアサイズの車とサイコロとボードマップ。人生ゲームが置かれていた。

「はたべ君かんがえなさすぎだよ、遊び人なんて選んじゃダメだよ」

人生ゲームを一緒に遊んでいた白髪の少女が眉を顰《ひそ》める。バカにしているというより、呆《あき》れている感じだ。

「遊び人ってなんかかっこいいじゃん！」

「かっこよくないよ？」

遊び人は成長すると賢者にだってなれる一発逆転職業だ、毎月安定して高額な給金とサイコロによっては莫大《ばくだい》な資産が手に入る。

ジョブチェンジできずに借金まみれになって大敗したわけだけど。

「——ちゃんは教師って普通なの選んでるだろ」

言い返そうとして指摘をするが、少女は教師の職業カードで口元を隠す。多分カードの裏では口角が上がっているのだろう。

「先生って、かっこよくない？」

「かっこよくない、この間だって滅茶苦茶《めちゃくちゃ》怒られたんだぞ！」

少しふざけただけで怒るとかカルシウム不足だろ、怒られるならおっさんじゃなくて美人なお姉さんにしてくれ。

そうすれば一瞬でご褒美に早変わりだ。

ぴちっと着込んだスーツに美脚に黒タイツ、厳しい言葉とは対照的に少し天然が入ってる感じなら文句なしだ。

「うぇへ、えへへへ……」

「はたべ君？」

「な、なんでもない！」

「？」

危ない……学校でも既にスケベで有名になってしまっているんだ。

少女にまでスケベ扱いされるわけにはいかない。

「そ、それよりもう一回やろう！」

「え〜でもはたべ君よわいんだもん」

「やってみないと分からないだろ⁉　次こそ勝ってやる！」

因《ちな》みに、少女とのこれまでの戦績は俺が全敗している。人生ゲーム以外にもトランプやこの世界で生まれたゲームでもだ。

今日は既に五回も挑んでいるためか、少女も辟易《へきえき》している様子だった。

「勝つまでやるんだ！　負けっぱなしなんてかっこ悪いからな！」

「かっこ悪くないと思うよ。だって、はたべ君が負けてくればいっぱい遊んでくれるんだもん」

「いや、別に勝ち負けじゃないよ？　てかその言い方ナチュラルに酷《ひど》くない？」

「……？」

遊んでいて分かったのは少女は頭が凄《すご》くいい。代わりに変なところが抜けている。

今だって少女はよかれと思って言っているのだ。そこに俺を傷つける目的なんて一切ない。

俺はいそいそと散らばっている札束やらを回収、まとめて次のゲームを始めようとする。

「あ、ごめん。今日はもう帰らないと……」

申し訳ない思いを全面に少女が言った。

普段ならもう少し遊べるはずだけど、今日は早いみたいだ。

「そうなんだ、じゃあまた今度遊ぼう」

引き止める必要はない、俺と少女はこの公園でいつも遊んでいたから。

同じ学校でもなく、連絡手段もないのに、俺と少女は定期的にここで再会している。

「うん、また遊んでね？」

「もちろんだ！　とりあえず俺が勝つまでは逃がさないからな！」

学校でこの手のゲームでは負けなしの俺が負けまくっているなんて、学校の友達に知られたら笑いものだ。

胸を張って凱旋《がいせん》するまで、俺は目の前の強者のことを誰にも話さないつもりでいた。

「ふふっ、分かった。私ぜったい勝つね」

「そこは一度でも負けてください、お菓子あげるから」

「ダメー」

勝つためなら賄賂も辞さない。

「くぅっ……フェアプレイの精神！」

「じゃ、またね」

そう言うと公園の出口へ駆けていく少女。

俺が大きく手をぶんぶん振ると、少女は少し恥ずかしそうに小さく手を振り返してくれた。

「またねー！」

「よーし、次はなにを持ってこようかな」

一人になった俺は、人生ゲームを片付けながら明日のことを考えた。

まだ遊んでいないゲームはいっぱいある。頭脳系では勝てる見込みもないし、感覚系とかにしてみよう。

次の日。俺は少女に勝つための秘策とゲームを持って、同じ時間に公園に向かった。

だけど、少女はどれだけ待っても姿を現さなかった。

次の日も、そのまた次の日も。

ウェヌス、ミネルヴァ、ユノの三色娘の襲撃から数日が経《た》った。

本当はなにかしらの対策を用意するべきなんだろうが、琴音《ことね》とドクターによる頭脳チームから『休んどけ』と言われてしまった。

ＰＦ能力者が自己治癒力に長《た》けているといっても、安静にしているのが一番治療効果が高いからだ。

だから、万が一の場合に備えて隠れ家から拠点を変え、ドクター達の本拠地に移動することになった。本拠地とはいっても場所は俺がドクターと接触した病院のような場所だ。

何かをしようとしても、三色娘からの襲撃が数日以内に確定している現状、シルヴィアとパイモンを含めた俺達三人はそこで安静という名の自堕落な生活に甘んじるしかなかった。

「僕の番だね！　うぉりゃー！」

威勢のいい掛け声と共に、パイモンは一から十まで数字の書かれた円盤を勢いよく回転させる。

「……やった！　十だ！」

「最大値か、やるな」

「まだまだこれからよ」

その結果に俺とシルヴィアの表情が険しくなる。

パイモンは緑色のミニチュアの車を摑《つか》み、移動させる。

「八、九、十！　えーっとなになに……たまたま庭を掘ったら石油が見つかる、石油カードと三億だって！」

「パイモン、貴方《あなた》さっきも宝くじに当たったばかりじゃない」

「……うぉ、パイモン凄い」

銀行から三億分という莫大な資産を手に入れたパイモンはニマニマと嬉《うれ》しそうだ。

しかも石油カードまで。あれは最後まで持っていると三十億がもらえる超レアな利権カードだぞ！

「運が良過ぎだろ！」

「……次、私だね」

「よっしゃいったれマリシ！」

今度はマリシがパイモンと同じように数字の書かれた円盤を回す、パイモンよりも弱い力で回された円盤の回転は遅く、すぐに回転が止まる。

「……三、だ」

「ふっふっふ、まだまだ僕には及ばないようだね！　マリシ！」

「……あ」

マップのマスを移動し終えたマリシが気の抜けた声を出す。

何かと思い、マリシが注視しているマスを見る。

「なるほど、利権マスだな。石油の利権問題が発生、石油カードを持っているプレイヤー

がいる場合に対象の持つ石油カードを奪い取ることができる」

「え……」

「……パイモン、ちょうだい。石油」

「ぬぉあああああ！　僕の石油があああ！　夢の豪邸生活があああ！」

膝から崩れ落ちるパイモン。一瞬にして石油カードを掻《か》っ攫《さら》われてしまうとは。哀れ、なんと哀れな。

「……勝利」

相変わらず前髪で目元は見えないが、いつもより弾んだ声は嬉しそうだ。

「と、俺の番か」

パイモンの心配をしている余裕は俺もないんだった、ここでなにかしらのアドバンテージを取らなくては。

「ま、まだだっ！　僕にはさっき手に入れた三億があるんだからね！」

吐血でもしてそうな勢いがあるな。さて、出た数字は五か……。

「物乞いマスだ。所持金額の一番高いプレイヤーから自分が二位になるまでに必要な資産をもらう。だってよ」

「今ならさっき三億を手に入れたパイモンが一位ね。で、抜かされた私が二位なんだけど」

　俺の所持金は六千万。確かシルヴィアの所持金は二億五千だったたな。となると……。

　二位になるために必要な金額を持って、パイモンを見る。

「ぁ、ぁあ、あああああ！」

「いやぁ〜悪いなパイモン。二億ももらっちまって、俺の職業ってなにかと金食いだからさ」

「やだあああ！　これは僕の二億なんだあ！　ジョーカーみたいな遊び人にあげるようなお金じゃないんだよ！」

　往生際の悪い奴《やつ》め！　大人しく二億寄越《よこ》しやがれ！

「安心しろパイモン！　この金を使って倍以上の儲《もう》けを出してやる！」

「そ、それって……」

「銀色の球をちょっと弾《はじ》けばすぐだ！」

「いやぁあああ！」

　さっきは一億以上取られてあわや借金地獄に入りかけたが、保険カードで自己破産して免れた。

　今回は二億もあるんだ。次こそは絶対に勝って前回の負け分も取り返すぞ！

「さ、次のカジノマスはどこかな〜」

「止《や》めてぇ！　もっと大切に使って僕の二億ぅ！」

「酷い現場を見てしまったわ……」

項垂《うなだ》れるパイモンを見下ろしていると、マリシがなぜか石油カードを俺に渡そうとしてくる。

「……はるひこ、私の石油……いる？」

「そ、それはいいのかい？　マリシ」

なんて心の優しい子なんだ。こんなギャンブル中毒の腐れ野郎に貢ぐなんて……。

「こらマリシ。そういうのは相手を堕落させるだけよ、こういう時こそ毅然《きぜん》とした態度で接するの」

「……でも、はるひこが喜ぶ」

心配になるほど優し過ぎない？　どんだけ貢ぎ体質なんだよ。

やばい、マリシの将来が本気で不安になってきた。マリシの天使の優しさに付け込んだ腐れ野郎が現れたらどうしよう。

「シルヴィアどうしよう、マリシが天使を超えて神に見えてきた」

「神からカードをもらおうとしてるんじゃないわよ、その手を放しなさいギャンブル狂い」

マリシが差し出してくれたカードを摑む手が叩《はた》かれる。

「そうだよな、危うく人の道から外れるところだった。まずは手元の金を使い果たしてからだよな！」

「働け遊び人」

「ぐほわっ⁉　至極真っ当なご意見……」

ゲームにそういう正論持ってくるのよくないと思うんだ。

正論パンチでブレイクハートされて倒れると、上から覗《のぞ》き込むようにしてマリシが顔をドアップで近づけてくる。

「……はるひこ」

「おぉ、こんな俺を慰めてくれるのか……」

「……遊び人でも、私は見捨てないよ」

「その優しさが痛いっ！」

シルヴィアの辛辣な言葉よりも胸の奥に澱《おり》のように残るのは、まだ俺に良心が残っているからなんだろう。

まだ、俺はまだ賢者になれるかもしれない！　まずは就職窓口を探すところからにしよう……明日から。

「貴方達、随分と楽しそうね」

「琴音もやるか？　人生ゲーム」

「そ、そうだ！　朱美《あけみ》ちゃんも入れて最初っからやり直そう！」

急に息を吹き返すパイモン。今世では満足できなかったんだな、一ターンで石油を取られ、遊び人に二億を強奪されればやり直したくもなるか。

「やらないわよ、次の襲撃に備えてやることが山積みなんだから」

「ドクターも籠もりっきりみたいだけど、二人とも体調は大丈夫なの？」

「うん、それは大丈夫。ＰＦ能力者の体って無理しても無理にならないのがいいところよね」

笑顔で言うなよ怖いな。

社畜根性の極地みたいな回答をさらりと持ち出す琴音に戦慄した。多分隣に同じぐらいマッドでやばい奴がいるからなんだろうな。

知的な雰囲気を醸し出していたドクターだったが、最近になってメッキが剝がれてきたのだ。

「そのうちドクターと同じこと言い出しそうで怖いわね」

「研究者ってみんなああなっちゃうのかなー？　僕、モルモットに逆戻りなんてやだよー？」

モルモットって……ドクターに何をされたのか気になるな。

「俺、昨日血とか抜かれたんだけど……」

あの時見たドクターの狂気に満ちた目は暫《しばら》くは忘れられそうにない。

血以外にも色々と抜かれてたりしないだろうな？　最近いつの間にか気を失ってることが多いからな、後で琴音に聞いてみないと。

「だ、大丈夫じゃないかしら？　使い道は別にあるらしいし……」

「琴音……嘘《うそ》だよな？」

既にダークサイドに落ちてしまったのか……！

「泣きそうな顔を向けないで、本当に変なことに使ってるわけじゃないから。私を信じて？」

「そうだよな、琴音を疑うなんて間違ってるよな？」

「ジョーカーの血は凄《すご》いから、大切に使うわね！」

「パイモン助けてくれ！　琴音が聞いたことない表現をするようになった！」

確定だ！　琴音は完全にマッドな世界に浸《つ》かってしまっている！

なんだよ血が凄いって⁉　俺の血で何をしようとしてるんだ！

「諦めなよジョーカー、僕もドクターには逆らえなかったんだから……」

過去の辛《つら》い記憶を掘り起こすように、諦めの籠もった目で遠くを見据えるパイモン。

だから何があったんだよ……。今のパイモンにそれを聞くのは酷だな、聞くならもう一人の犠牲者になっているであろうシルヴィアだ。

「シルヴィア、ドクターに何を……」

「ふふ……」

シルヴィアもダメっぽいな、廃人一歩手前みたいな顔してるわ。

俺は琴音に向き直って土下座をした。

「琴音、言うことはできる限り聞くばってん、平にご容赦くだせぇ、オラには食わせにゃならん娘さいるだ」

「訳が分からないけど凄《すさ》まじい優越感ね、それじゃあ血をまた少し頂けるかしら」

「んだんだ、オラの血でよければいくらでも採って構わねぇだ」

どんな辱めも受け入れよう、俺にはマリシを育てる使命があるんだ。

「変な似非《えせ》方言も止《や》めてね」

「いえっさー」

「それにしてもいっぱいアナログゲームを持ち込んだのね」

琴音が部屋に持ち込まれた数々のゲームを見回す。

「孤児院の子供達と遊ぼうと思って色々買ったんだ。今は危ないから会いに行けないけどな」

あの三色娘をコテンパンにしたら、このゲーム群で子供達と遊び倒してやる。

今はその前の練習がてらパイモン達と遊んでいたのだ。

「僕も久しぶりにアナログゲームが遊べて意外と楽しいから、子供達もきっと喜んでくれるよねー」

「パイモン達もいくつか知ってるゲームあったよな、パトラとかと遊んだりするのか？」

「パトラとはやったことないわ、あの人はいつも忙しそうだし」

そういえばドクターと初めて接触した日以降、パトラの姿を見ないな。

「私達がこういうので遊んだのも結構昔なのよね。この手のゲームが得意な子がいたの」

「そうそう！　あの子いろんなゲーム知っててさ、僕なんか勝てたことないんだよねー」

「その人は今どこにいるんだ？　同じこの組織にいるのか？」

シルヴィア達の昔を知っているわけじゃないが、多分同じ裏の世界で育った人なんだろう。

何気なく聞いたつもりだったが、答えてくれたシルヴィアの声に俺は質問を過《あやま》ったのだと悟った。

「知らないわ、私達がここに来た時は既に彼女はいなかったのよ」

「後から探したんだけど、全然見つからなかったんだよね」

「そうか……」

二人とも平然としているが、声は明らかに物寂しさを含んでいた。

彼女達の過去を一つとして知らない、それでも青いウサギの成り立ちと集った人達の話を聞いた今では、彼女達の中で一つの後悔になっているのだと思えてしまう。

「その子もＰＦ能力者だったの？」

「……能力は知らないけど。結構特別だったっぽいね」

ＰＦ能力者で能力が特別、か。

「そういやあの三色娘も遊び遊びって言ってたな」

「少なくとも、私達が今してるような遊びではなかったわね」

そうなんだろうか。家を出る時に鍵を閉めたのか気になった時のような、ちょっとした違いを忘れているような気がした。

雲を摑《つか》むほどに頼りない感覚で思考がグルグルと回る。なにか、なにか……。

「人形遊び……」

気が付いたらそう零《こぼ》していた。

「人形遊びって、孤児院の子供達がするような遊びだよね？」

「ジョーカーどうしたの？　急に人形遊びなんて言って……まさか………」

え？　なんで人形遊びを琴音達が知ってるんだ？

「知ってるのか、人形遊び」

「知ってるもなにも、みんなやったことあるでしょ？　ねぇパイモン、シルヴィア」

当然とばかりに答える琴音だったが、同意を求められた二人の表情は芳《かんば》しくなかった。

「ごめんなさい朱美、私達は人形遊びをしたことがないの。孤児院の子供達が遊んでいるのを見て知ったぐらいよ」

「僕達、意外とそういったのには縁がなかったんだよねー」

「でも、昔にゲームして遊んだことがあるって」

パイモンが気まずさを誤魔化《ごまか》そうとしているのか、苦笑いを浮かべて頬を指先で軽く掻《か》く。

「さっき話した子に教えてもらったのだけだよ。だからその子から教えてもらわなかった遊びは僕達は知らないんだ」

「あ、わ、私ったら……ごめんなさい……」

「別に気にしてないから謝る必要もないわ」

なんとなく空気が重いな……。

「そうだぞ、琴音だって子供の頃ボッチだったから人形遊びしかできなかったんだろ？」

申し訳ない雰囲気を有り有りとしていた琴音だったが、一変してなんで知っていると驚いていた。

「コマンダーから聞いたぞ」

「あの人っ！　私のプライバシーを勝手に話すなんて酷《ひど》いわ！」

ま、俺が無理を言って聞き出したんだけどな。この手の恥ずかしエピソードは持っていた方がなにかと便利だし。

賄賂としてお土産《みやげ》のお菓子が倍になったが……。

「ぼ、僕はもうお友達だと思ってるから、ね？」

「だから嫌だったのよ！　哀れみの目で見ないで！」

おぉ、心からの叫びだな。場の空気を和ませるためとはいえ、悪いことをしてしまった。

むしろ別の意味で空気が重くなったというか、変色した感じがするぞ。

「朱美、心配しないで」

「シ、シルヴィアぁ。貴方《あなた》は分かってくれるって信じてたわ！」

「今度、一緒にお人形遊びをしましょう。きっとみんなでした方が楽しいわよ」

「……ち……もん」

ん？　声が小さ過ぎて何を言っているのか分からないぞ琴音。

顔も下を向いてしまったせいで、読み取れる情報源がゼロだ。いや、手がプルプルと震えてるな。寒いのか？

「私、ボッチじゃないもん！」

ガバッと勢いよく顔を上げた琴音の目にはキラリと光るものが見えた気がした。

……きっと気のせいだよな。

「コマンダーだって一緒に遊んでくれるし、特務長と三人でジェンガとかで遊んだもん！楽しかったもん！」

やばい、琴音の言動が幼児化してる⁉　いったい何が彼女をそこまで追い詰めたんだ！

と、とりあえずは落ち着かせないと！

「琴音？　だ、だいじょう」

「ボッチじゃないもん！　お友達いっぱいいるもん！」

「そ、そうだよな～！　いっぱいいるよな！」

「僕達もお友達だもんね～！　いっぱい遊ぼうね～！」

そうだ、子供の頃ロボットみたいとか言われてたって言ってたじゃん。あの時はそれ以上聞けなかったけど、結構大変そうだったじゃん！

も、もしかして俺か？　俺は琴音の地雷を踏むどころかロケットを叩《たた》き込んでしまった明らかに拒絶されてる。目の前に断崖絶壁が幻覚で見えるほどに、琴音との心理的な隔たりが大きく見えてしまった。

「ぐふっ……!?」

「はるひこはいや。パイモンとシルヴィアがいい」

「俺もいっぱい遊ぶぞ！」

「……あそぶ。いっぱいあそぶんだから」

というのか？

「とりあえずここは僕達に任せて、ジョーカーは引っ込んでて！」

「何が朱美をここまで追い詰めたのか分からないけど、私達がカバーするわ」

な、なんて素晴らしいチームワーク！　一度の戦闘で俺達の心理的パスが通じ合っているかのように適切な対応だ！

でもごめん。悪いの俺なんだわ……。

必死に琴音を慰める二人の背を見ながら、琴音にどう謝ろうか俺は必死に考えることにした。

と、とりあえずいっぱい血を渡したら許してくれるかな……？

次の日、滅茶苦茶《めちゃくちゃ》血を抜かれた。

三色娘の襲撃は、けたたましく鳴り響くアラート音から始まった。

「来たっ！」

「次は負けない」

「やってやるぜぇ！」

九日間も時間があれば俺達全員の傷は完治していた。

万全の態勢で士気も高まっている。

「この状態じゃなければビシッと決まってたのかしら……？」

散乱したアナログゲームの数々は、俺達がどれだけ自堕落に過ごしたのかを物語っていた。

琴音が呆《あき》れるのも仕方がないとは思う。せめて言い訳をさせてもらえるのなら暇だったと言わせてくれ。

部屋の奥、ドクターが普段から籠もっている魔窟から姿を見せる。襲撃以降ドクターと顔を合わせるのは九日ぶりだったりする。

「諸君、襲撃だ。ご丁寧に前回と同じ場所に現れてくれたぞ」

あそこなら周囲は倒壊した建物ばかり、付近の住民も三色娘による最初の襲撃時から避難したままだから、俺達も気兼ねなく戦闘に集中できる。

明らかな挑発に挑戦的な笑みを浮かべる俺達に、ドクターからイヤホンが渡された。

「今回は私達もサポートに回る。戦闘中でもそう簡単には外れないから安心してくれ」

触ってみるとイヤーピース部分がジェルみたいに柔らかい。付けてもすぐに外れそうだが？

「耳に付けると装着者それぞれに適した形状になる。疑いの目をする前に試してみたまえ」

言われるままに耳に装着する。ひんやりとした感触にくすぐったさを感じたが、次の瞬間には違和感を含む全てが消えていた。

「凄《すご》いぞ、耳に付けているのに気にならない」

「わお、ドクター凄いよこれ！　売ったら儲《もう》かるね！」

「パイモン、人生ゲームから少しおかしくなってないかしら？」

「因《ちな》みにだが、その通信用イヤホンは他のものと取り替えても同様の効果は得られないから、注意してくれ」

軽く首を振ってみるが、まるで耳の一部だと錯覚してしまうほどにピッタリと耳から離れない。

戦闘中に破壊でもされない限り問題はなさそうだ。

「ええ！　それじゃ売れないじゃん！」

「安心しろ、売り込み先の目星は付いてるからな」

そう言って意味深な目を向けてくるドクター。……あ、なるほど。

「上に相談してみるよ」

「その時は私も呼んで、これについては私も関わってるの」

琴音とドクターの共作だったたか、それなら特務長に話は通しやすそうだ。

現状、ドクターが作る黒球が外に流通していない現状なら敵対することなく話を進められそうだ。

「この後の戦闘次第ではあるけどな。ただ、俺としてはこの手のデバイスは助かる」

ヴィランとの戦闘の殆《ほとん》どが激しい戦いになり、通常のデバイスでは破損しやすい。

通信用のガジェットは使うが、壊れたり外れたりしてしまうのが現状だ。

「シルヴィアとパイモンにはこれを渡す。前に話していた新しい装備だ」

飾り気の少ない銀色の腕輪を渡されるシルヴィア達。パイモンが以前付けていた腕輪と似ているな。

だが、それを受け取った二人の反応は劇的だった。

「ド、ドクター！　これって例のあれだよね！」

「これなら……」

そんなに凄い物なのか……お、俺にはくれないのだろうか？

「ジョーカーはコッチよ」

お！　俺にもなんか凄いヤツが、てなんだこの手榴弾《しゅりゅうだん》みたいなのは……。

「特殊な粘着物質を撒《ま》き散らす手榴弾よ」

俺だけ手榴弾って……。

「俺もあそこの二人みたいなのが欲しいなぁ……なんて」

「ダメよ、あれは元々ドクターが研究してたからこの短期間で用意できたのよ」

だからって、トリモチグレネードはないだろ……。

「文句があるなら使ってから言って、こはユノ対策に私が用意したんだから」

「なるほど、これであいつの足を封じるのか」

前回の戦いでユノに苦戦したのは彼女の足の速さが原因だ、それを封じればそれだけで俺の勝ち目が格段に上がる。

見た目よりも実用性を取るあたり琴音らしいガジェットだ。

「ユノの移動速度を加味して結構な広範囲に撒き散らすようになってるから、注意してね」

「了解」

まぁ、シルヴィア達が付けている腕輪よりも、こっちの方が分かりやすくていいかもしれない。

「準備はいいかね？」

ドクター達も話が終わったようで、シルヴィア達は既に腕輪をしていた。

「大丈夫だ」

さぁ、雪辱戦だ！


前回の戦いで建物が倒壊してできた瓦礫《がれき》の山に向かうと、予想通りウェヌス、ミネルヴァ、ユノの三色娘がいた。

リベンジマッチということもあり、シルヴィアがウェヌスと、パイモンがミネルヴァと戦うことになり、俺も前回の雪辱を果たすべく緑髪をポニーテールにしているユノと対峙《たいじ》することになった。

「な～んだ、またお兄さんとかぁ……」

遊び相手がシルヴィア達でないことに面白くないと肩を落とすユノ。

「今回はこの間みたいにはいかないからな！」

前回と同じ場所で交わされるやり取りに緊張感はない。ユノにとって俺は敵ですらなくなっているのだ。

お互いにまだPF能力は発動させていないが、ユノの速さは能力を使用しなくても健在だ。できる限りユノの動きに注視する。

「ボク怒ってるんだからね、お兄さんが弱過ぎるから全然楽しめないんだから」

「それは悪かったな。だけどな、俺もユノに言いたいことがあるんだよ」

「な～に～？　話だけ聞いてあげるよ～」

つまらなそうに視線すら向けてこないことに、流石《さすが》に反応したくなるがぐっと堪《こら》える。

「どうしてスパッツを穿《は》いているんだ」

「……ん？」

表情はそのままに、理解できないと首を傾けるユノ。

なんだ？　理解できなかったのか。ならもう一回。

「どうしてスパッツを穿いているんだ」

「いや、聞こえてたけど……え、なに？」

「だからどうしてスパ――」

「だから聞こえてるって！　同じことを何回も聞かないでよ変態！」

変態とは失敬な、世の男達の代表だぞ、敬意を持て。

「ボクがスパッツを穿く理由をお兄さんに説明する必要ないよね。あ、もしかして！　ボクを混乱させようとしているのかな〜？」

「いや、スパッツを脱いでくれるならそれで十分だ」

「……ん？」

なんだ、また分からなかったのか。仕方ないな。

「スパッツを脱いで、その悪魔の産物を俺に渡すんだ」

「スパッツに対する敵対心強くないっ⁉」

だって、それのせいで桃源郷は一生暗闇の中なんだぞ、解放するべきなんだ。

驚きのあまり俺から一歩後退するユノだが、両手でスカートの上から防御するように構える、スパッツを脱ぐ気はないらしい。

まったく、お前の後にペチパンという巨悪も討たねばならないんだ。早くしてくれ。

「仕方ない、あくまで抵抗するつもりなんだな。なら交渉しよう」

「抵抗するよっ！　というか交渉もしないよっ！」

「俺に優しく脱がされるか、俺に強引に脱がされるか、俺に身ぐるみを剝がされるかを選ぶんだ」

「全部一緒だよっ！」

ちっ！　精神をそこまで侵食するのか……恐るべきスパッツ！

「安心しろ、俺がユノをスパッツの呪いから解放してやる」

「これ以上ないほど安心できないよ……」

動揺を見せていたユノだが、その表情はすぐに緩められて挑発的な笑みを浮かべる。

「ま、いいや。やってもいいけど、この間ボッコボコにされたのを忘れたのかなー？　できるものならやってみたらいいんじゃないかな？」

「ほう……」

前回は確かにそのユノの足に一方的にやられてしまった。自分に追いつけない相手がなにをしようが問題ないってことなのだろう。

だが、俺だって秘策を用意してきたんだ。ユノにバレないようこっそりと取り出す。

「ほらほら、早く変身しないと痛いよー？」

小さく跳ねながら、スタート直前の予備動作を見せるユノ。

「言われなくてもするさ〝へん――かはっ!?」

「ま、させないんだけどね！」

俺は変身の言葉も言えず、腹部に衝撃を受けて蹴り飛ばされる。

「あっはっはっは！　そんな、よーいドンで始まる戦いなんてないじゃん！　もうお遊びは始まってるんだからさあ！」

見ればユノの足にはいつ展開したのか、ＰＦ能力で作られた具足が既に装着されていた。

言葉をキーに能力を発動させる俺の能力は、発動条件がハッキリしている分、対応が容易になってしまう。

油断と慢心による決定的な悪手だ。もしもユノが遊びのために力を抑えていなかったら、ここで俺の戦いは終わっていただろう。

「〝変身〟」

ユノに対する感謝を胸に、俺は能力発動のキーを口にする。

光が全身を包み、体の底から力が湧き出す。

光が収まった後、俺は戦いの舞台へと躍り出る。

「さぁ！　再戦といこうか！」

腹から威勢よく声を張り上げる、しかしユノの反応は俺の予想していたものと違っていた。

「へ……」

「へ？」

俺を指さし、カタカタと震えるユノ。

「変態だあああ！」

な、なんだとっ⁉　あのユノが怯《おび》えるほどの変態とはどういうことだ！　どこにいるんだ！

すぐに背後を確認するが、開けた視界と瓦礫の山以外に視界に映るものはなく、人が隠れられそうな場所も近くにはなかった。

ユノはいったい何を見たというんだ？

「ユノ！　変態はどこにいるんだ！」

いくらヴィランとはいえ、ユノの見た目にはまだ幼さが残っている。変態から守る理由には十分だ。

「お前だよ！　白タイツの変態野郎！」

「……白タイツ？」

ユノの言葉に嫌な汗を掻《か》きながら目線を下に持っていく。

そして全身を包む純白のタイツを目にした俺は、膝から崩れ落ちた。

「どうしてだよぉ。この前はヒーロースーツだったじゃん………」

「え？　ぇぇぇぇ⁉　も、もしかしてお兄さん⁉」

「そうだよお！　全身白タイツで悪かったなあ！」

くそぉ！　なんで今回は白タイツなんだよ！　もう自分の能力が分かんなくなってきた！

「だ、大丈夫だよお兄さん！　ボ、ボク見た目で人を判断しない子だよ！」

嘘吐《うそつ》け！　思いっきり見た目で変態認定してただろ！

「こんなはずじゃなかったんだ……かっこよく変身決めて、ユノのスパッツを脱がす俺の完璧な作戦が………」

これじゃ美少女のスパッツを脱がそうとする、ただの変態みたいじゃないか！

「まともなヒーロー姿でも傍《はた》から見たら通報ものだと思うんだけど？」

「そんなわけあるか！　ヒーローだぞ！　変態ならともかく、ヒーローがスパッツを脱がそうとしてたら称賛の嵐だわ！」

「怖い世界だね……」

だが、考えようによっては、ありなのではないだろうか。

ヒーロースーツ姿はどちらかというと防御に寄っている。だが先日ユノにその防御力は突破されている。

そう思うと、むしろこっちの方が良いとさえ思えてくるから不思議だ。

「よし！　このままスパッツを脱がせればいいか！」

「変態が変態な理由で立ち直ったっ⁉」

「行くぞヴィラン！　お前のスパッツを裁いてやる！」

「ぁあああ！　もうむちゃくちゃだよ！」

我慢しきれなかったユノが地団駄を踏む。子供みたいな反応を見せるな……て、今じゃね？

悪魔の囁《ささや》きが聞こえてしまった俺は、琴音からもらったトリモチグレネードを投げる。

トリモチグレネードは綺麗《きれい》な放物線を描き、未《いま》だに地団駄を踏むユノにヒットする。

「……え」

ユノが反応するよりも早く、豪快な炸裂音《さくれつおん》と共に白色のトリモチが飛び散る。

手のひらサイズにどうやって入っていたのかと思える量は、ユノを中心に数メートルにまで及んで広がった。

当然、中心にいたユノは立った状態で全身にトリモチを浴びてしまう。

「う、動けないっ！？」

「がっはっはっは！　油断したなユノ！　よーいドンで戦いが始まるわけないだろ！」

お返しとばかりに笑うと、ユノが憎らしげに睨《にら》んでくる。

「睨まれても怖くないね〜、ほれ、ほーれ」

トリモチが全身にまとわりついているユノの姿は、ちょっとあれな感じではあるが。構わず柔らかなほっぺを突《つっ》く。

おう、お肌はスベスベ！　ぷにぷにじゃないか！

「さ、触るな！」

「俺にそんな口を利いてもいいのかな？」

目の前で手をワキワキとさせると、分かりやすく怯えるユノ。

「うひぃ⁉」

「ふははは！　さて、スパッツを脱がすか」

「い、いやあああ！　やだあああああ！」

俺がそう言った途端、ユノが全力で暴れ始める。

「諦めろ、それ以上暴れるとおっぱい揉《も》むぞ」

「む、むむむむむしろ脱がされるよりはマシだよ！」

「マシなのか」

琴音ほど小さいわけではないが、比較的小ぶりなユノのおっぱいを揉む。

もんみもんみ。

柔らかな感触だ。サイズは手のひらにちょうど収まるか収まらないかの中間といったところか。

地味にトリモチが邪魔だな。

「うわぁあ！　ホントに揉むなああ！」

「よし、じゃあスパッツを脱がせるか」

「揉んだじゃん！」

「おっぱいを揉んだらスパッツを見逃すとは言っていないぞ」

まったく、勝手な思い込みは止《や》めていただきたい。

「嘘吐き！　しゃ、しゃがむなああああ！」

おー暴れるなぁ。だが、このトリモチのせいでまともに動けないんだから諦めろ。

「げへへへ、観念するんだなぁ？」

無駄な抵抗をするユノのスカートを軽く捲《まく》る。なるほど、コイツが忌々しきスパッツだな！

「や、やめ……」

　ユノの制止を無視して、スパッツを摑《つか》んで。

「安心するんだ、もう少しでお前をスパッツから解放してやるからな」

　そして、スパッツを下げると隠されていたユノのパンツが姿を現す。

「ふむ……緑色か。たしかウェヌスは赤色だったな。ということはミネルヴァは青色なのか？　これは確かめねばならんな」

「ちょ、ちょっと！　スカートの中でモゾモゾしないでよ！　変態！　ド変態！」

「なんて言うんだろうな、ここすっごい落ち着くんだ」

「そんなところで落ち着かないでよ！　ボクのスパッツを取ったなら早く離れてよ！」

　そこまで言うなら仕方ない。ユノの太ももまで下げたスパッツを摑み、完全に脱がそうとする。

　が、そこで俺は一つの過《あやま》ちに気付いた。

　俺が使ったトリモチグレネードはユノを捕まえるために十分な役割を果たしていた。そして、ユノを拘束するのに最も重要なのは機動力の要である脚を押さえることにある。

　ユノの脚はトリモチによって地面にしっかりと固定されていたのだ。これではスパッツを脱がせることはできない。

「致し方ない、コイツは完全な状態で確保するつもりだったが諦めよう」

「た、助かった？　なら早く元に戻してよ！」

「ここでスパッツを破壊する！」

「えええええええ！」

脱がせられないなら仕方ない、俺はユノがまた暴れ出す前に力一杯スパッツを破いていった。

そうして、俺はユノをスパッツの魔の手から救い出すことができたのだ。

「がっはっはっは！　これで走ろうものならユノのパンツを合法的に拝めるというものだ！」

「うぅぅぅう……」

「勧善懲悪！　俺はまた一人の女の子を救ったぞおおお！」

力なくへたり込んでしまうユノ、そこに戦闘の意思は感じられない。

「よぉおし！　次はミネルヴァのペチパンだ！」

今にも泣き出しそうなユノはトリモチで完全に動きを封じている。暫《しばら》くはこのままでも大丈夫だろう。

俺はユノを残してパイモン達の方へ向けて走り出した。

「ペチパンだ！　じゃないわよ！」

「ぶるっ⁉」

意識が飛ぶほどのビンタを受けた。琴音から。

「こ、琴音⁉　どうしてここに⁉」

「どうしたもこうしたもないわよ！　ジョーカーの音声を拾ってたら、またバカなことをしだしたから急いで来たのよ！」

ま、まさかユノとのやり取りを全部聞かれていたのか⁉

「土下座」

「へ？」

琴音が笑顔を見せる。

「この子に誠心誠意の土下座」

断るどころか、少しでもごねたら首を持っていかれる。

「ハイ」

俺は地面に膝をついた。

変身を解かされた俺はユノに土下座、その後琴音から折檻《せっかん》を受けている最中も、遠くから聞こえる戦闘音が戦いの苛烈さを表していた。

だが、そんな戦闘も長くは続かず、いつからか静寂があたりを包んでいた。

「あ！　ジョーカーあれ！」

琴音が嬉々《きき》として視線を送る方向から、ゆっくりとこちらに向かって歩いてくる二つの影があった。

「ふぃ〜、疲れたー」

「ふう……」

シルヴィアとパイモンだ。

全身に傷を負っている姿から辛勝といったところだろう。

二人の肩に担がれているウェヌスとミネルヴァは、振動以外ではピクリとも動かずに気絶していた。

「二人ともお疲れさん」

「お疲れー、ジョーカーも勝ったんだ——て大丈夫っ⁉」

「凄《すご》い傷……。貴方《あなた》もかなりの苦戦を強いられたのね」

自分達のダメージだって軽くはないはずなのに、おくびにも出さず俺を心配してくれるあたりに、潜入期間で勝ち得た仲間意識のようなものを感じた。

……ユノにやられたのは腹部への一撃だけなんだけどな。

「あぁ、壮絶だった……」

チラリと琴音を見る。顔を逸《そ》らすんじゃない。

「二人ともボロボロだな」

「僕達も結構頑張ったからねー」

「これがなかったら勝てなかったわ」

ドクターから渡されていた腕輪を撫でるシルヴィア。

前の戦闘映像ではかなり一方的だったが、それを覆すほどのナニカが腕輪には秘められているのか。

「腕輪の能力ってなんだったんだ？」

「それはねー」

話したくてたまらない様子で説明をしてくれようとしたパイモンだったが、シルヴィアがそれを止める。

「今はともかく、私達は敵同士なのよ。そう簡単に教えていいわけないでしょ」

「ええ〜、でもさ」

言い返せずに不貞腐《ふてくさ》れたように声を上げるパイモン。

当初の戦力差を覆すほどの代物と言われてしまえば、ヒーローである俺に言えないのは仕方のないことだ。

「そんなことより二人が無事で良かった！」

「あはは～、朱美ちゃんは心配し過ぎだよねー」

「そう何度も同じ相手に負けるわけにはいかないわ」

そう言いながら俺に視線が向けられる。

「特に三度目はあり得ないわ」

うわぁ……。

こっちはユノと真正面から戦って勝てたわけじゃないんだよなぁ。

「ふふ、ジョーカーもうかうかしてられないわね」

「琴音？　どうしてシルヴィアサイドで喋《しゃべ》ってるんだ？」

おかしくない？　ここは二対二の状況になるべきでしょ。

一方的な理不尽に苦笑いを浮かべていると、誰かに突かれる。

「あれ？　どうしてマリシがここに？」

見ると琴音同様に待機しているはずのマリシがいた。

まさか琴音が連れてきたのかと視線で訴えるが、琴音も知らなかったようで首を振った。

「……遊ぼ？」

「あ、遊ぶ？」

「急にどうしたのよマリシ、貴方はドクターと一緒にいるはずだったでしょ？」

「私が連れてきた」

現れたのは琴音達同様ここにはいないはずのドクターだった。

「あ、ドクター！」

「ドクターもそうだけど、どうしてマリシを連れてきたの？」

「彼女が行きたいと言い出したんだ。戦闘も終わり、危険性はないと判断したから連れてきた」

どことなく疲れた様子でタバコを吸い始めるドクター。

滅茶苦茶《めちゃくちゃ》ごねられたのかな？

「……ジョーカー、私とも遊んで」

「遊ぶって言ってもなぁ」

正直戦闘直後ということもあり結構疲れている。

とりあえず、明日以降にできないだろうか……。

「……ぅ、ぅう」

「……あ、頭がいてぇ…………」

「二人とも大丈夫ー？」

うわ、今度は気絶していたウェヌスとミネルヴァが目を覚ましてしまった。

一応拘束はされているが、彼女達にとってみれば、あってないようなものだろう。

俺だけではなく、シルヴィアとパイモンも疲れている体に鞭《むち》を打って警戒態勢に入る。

今ここには非戦闘員が多い、気を抜くことはできない。

「貴方達、命が惜しければ動かないことね」

隙なく刀を構えるシルヴィアの姿は、いつでも斬れると暗に伝えていた。

幸いにも目を覚ましたウェヌス達に戦闘の意思は感じられない。

「負けたのはオレ達だからな、そんな野暮《やぼ》なことしねぇよ」

「そうですね、ワタシ達……ユノはまたちょっと違う形で負けたようね」

「うぅ……」

外傷はないがトリモチで身動きの取れないユノが、顔を赤くして低く呻《うな》る。

「……はるひこ、また遊ぼう？」

「マ、マリシちゃん？　それは今じゃないとだめかな？」

一応ここにいる三色娘の脅威がなくなったわけじゃない。ユノの拘束を解いていないのもそれが理由だ。

特に彼女の速さに対応できる人がいない今、マリシが一番に狙われてもおかしくないのだ。

そういう想《おも》いで言った言葉だが、意外なところから反感が出てきた。

「遊んでやれよ、オレ達だって遊んでもらったんだ。ソイツとも遊んでやれよ」

「ワタシ達だけでは不公平というものですもの」

「ボクはちょっと反対かなー、絶対エッチなことしてくるもん」

「一部偏見の混じったご意見ありがとう！　でもお前達に言われるのは違うと思うな！」

お前らここを襲ってきたじゃん！　なんで知り合いみたいな雰囲気出してるんだよ。

「……遊んで、くれないの？」

あ、やばい！　表情は分からないけど声が震えている！

「あー！　いけねぇんだー！」

「幼い子を泣かしてしまうなんて……」

「変態でいじめっ子とか良くないと思うなー！」

「だまらっしゃい！　俺はまだペチパンを許したわけじゃないんだぞ！」

「ミ、ミネルヴァ！　早くペチパンを守って！　ボクのスパッツもやられたんだ！」

「ええっ⁉」

ユノの焦った言葉に、ミネルヴァが顔を赤くしてスカートを強く押さえる。

余計なことを！　そんな薄い守りで俺の魔の手から逃れられると思うなよ！

「ジョーカー、もしかして……」

「貴方、私達が必死に戦っている時に……そんなことを………」

「……はるひこ」

わおっ！　パイモンとシルヴィアからどす黒いオーラが！

「い、いや！　ちゃんとユノと戦ったぞ！」

「え～？　本当かな～」

「もちろんだ！　無力化した上でスパッツを破いてやったぜ！」

「……」

「……」

あぁっ⁉　二つのどす黒いオーラがさらに舞い上がってる！

「ジョーカー……」

三つだった。

どうにか三人に弁明をするが、そんな俺をあざ笑う声が三つ。

三色娘だ。

「アッハッハッハ！　だせぇ！　めっちゃだせぇ！」

「ふふっ、ふふふ。ダメですよウェヌス……わ、笑って、は……ぷっ」

「ざまーみろー！　ボクに酷《ひど》いことした罰だよー！」

こんのぉ！　人の気も知らないで笑いやがって！

「今めっちゃ命懸けの状態なんだぞ！　こっちはせっかく遊べる物持ってきたのに！　そんなこと言うならお前ら――」

「……あそ」

「一生遊んでやらないからな！」

そう言ってポケットからトランプやらを取り出してみせる。

「なにそれ面白そう！　ボクやりたい！」

「オレ知ってるぜ！　トランプってヤツだ！」

「あ、あの……」

お、ミネルヴァは微妙だが、ユノとウェヌスには好印象だな。

ふっふっふ、三本の矢は一本ずつ折ればいいだけだ。

「こういうのもあるんだけどなぁ」

人生ゲームを取り出す。琴音からどこにそんなものを持っていたオーラを感じたが、一旦スルーだ。

まずは味方を作らねば。

「今回勝ったのは俺達だ、スパッツも含めてな」

「ボクまともに戦ってすらないんだけど⁉」

「勝てば官軍！」

「……まけた、もう、あそんでくれない………」

「ジョ、ジョーカー！」

焦った声を上げる琴音。なんだよ、四面楚歌《しめんそか》の状況を覆す尖兵《せんぺい》を作ろうとしていたのに。

ここは一つ言い返してやろうと琴音の方を向くと、なにやらマリシが俯《うつむ》いてブツブツと呟《つぶや》いていた。

「マリシ？　何を言ってるんだ？」

一切反応を返さないマリシの様子を不審に思い近づく。

ようやく声が聞き取れるほどの距離になると、俺の耳にハッキリとマリシの声が届いた。

「……やだ。まだ、まけてない」

聞き終えると同時に起きる突風。

マリシを中心に突如発生した風の勢いは凄《すさ》まじく、近くにいた俺を含め周囲にいたシルヴィア達も吹き飛ばされてしまう。

「な、なに⁉」

そう言ったのは誰だったか。それ以上にマリシの姿に俺達は釘付《くぎづ》けになっていた。

「あーあ、ボクしーらない」

「オレ達ともっと遊んでくれればよかったんだよ」

「仕方ないでしょう、ワタシ達のやることは変わらないのだから」

唯一、マリシの様子を平然と受け入れているのはユノ達三色娘。

まるで知っている口振りにいち早く反応したのはシルヴィアだった。

「貴方《あなた》達！　知っていることを話しなさい！」

「ま、今回は負けたから教えてあげるよ」

「最初に言っただろ？　オレ達、捜し者をしてるってよ」

「そこにいる少女が、ワタシ達の捜している人ということです」

何を言っているんだ……？　三色娘が探していた、いや捜していたのがマリシってどういうことなんだ。

「な、なんでお前達がマリシを捜しているんだ！」

誘拐？　だけどそれならマリシがここに来た時点で、マリシ本人がなんらかのアクションを見せるはずだ。

つまり誘拐の類いではない？　ますます混乱してしまう。

「余計なお話ししてていいのかな？」

「あのちびっ子、負けず嫌いだからな」

「ああなってしまうとワタシ達も対処が難しいんですよね」

「だから何を言って……」

風が止《や》む。だが、先ほどの突風を作り出したマリシの雰囲気は見たことのないものだった。

いつもの、のほほんとした空気ではなく、得体の知れない不気味なマリシがいた。

「……ユノ、ウェヌス、ミネルヴァ」

口を開いたマリシの言葉は初対面の人間に向けるには慣れた口振りだった。まるで知り合い以上の関係を想像してしまう。

「……負けてないよね？　負けてなんか、ないよね？」

「「「負けてない」」」

答案用紙を読み上げるように、マリシの問いに一切の乱れなく答える三色娘。

「……はるひこ」

「な、なんだ？」

初めて名前を呼ばれた、そう錯覚した。

自然と声が乱れる。

「……私、まだ負けてない。だから……遊ぼう？」

再び訪れる突風。だが、それは一度目とは質から違っていた。

ただの風とは絶対的に違うそれは、意外にも理解ができるほどに慣れ親しんだ感触だった。

「これは、ＰＦの波動か。凄まじいな」

ドクターの言葉に合点がいく。

マリシから発せられ、全身で感じるこの力はＰＦだった。

「ＰＦの暴走。いや、一歩手前といったところか？」

「ぼ、暴走!?」

護衛の時に話したことを思い出したのか、琴音が信じられないと声を上げる。

常人を超越した身体《からだ》を持つＰＦ能力者が抱える爆弾。

欲求が溜《た》まり過ぎた結果、ＰＦ能力が制御できなくなると起こってしまう一種の禁断症状。

薬物中毒者の禁断症状と酷似する点はあるが、決定的に違うのは暴走が起こす未曾有《みぞう》の災害だ。

「ここで暴走までされては街が半壊どころでは済まない。シルヴィア、パイモン」

「任せて、ドクター」

「せめて痛くないようにしてあげるわ」

直接的な言葉は使われていないが、潜入任務で知った彼女達の強い想《おも》いを知った今、隠された〝殺せ〟の言葉が聞こえた。

今日まで一緒にご飯を食べ、ゲームをした小さな女の子を殺す。

それほどまでに彼女達の意志は強く、それほどまでに暴走が起こす被害は甚大だった。

「ど、どうして⁉　気絶させるだけでいいじゃない！」

琴音が悲鳴を上げるように訴える。

暴走を止める方法はいくつかあるが、暴走の原因を解消させるか、暴走している本人の意識を断つか、殺すかのどれかだ。

暴走の原因が分からない今、俺と琴音の思う最善手はマリシの意識を断つこと。マリシを第一に考えた個人的な優先順位。

「殺した方が確実なのよ。朱美」

「恨んでも、蔑んでもいいよー」

彼女達にとっては縄張りの安全が第一になる。

その中にマリシは含まれていない。

「……どきなさい」

「ジョーカーでも、邪魔をするなら手加減しないよ？」

だから俺はシルヴィア達の前に立つ。

「マリシは俺が止める、お前達に殺しをしてほしくない」

「綺麗事《きれいごと》なんて必要ないのよ。邪魔をするなら斬るわ」

問答の時間すらなく、シルヴィアが刀を構えて突貫してくる。

「させるわけないじゃない」

「ッ！」

だが、琴音が投げ込んだトリモチグレネードがシルヴィアの進行を妨害する。

「朱美、貴方も邪魔をするのね」

「邪魔はシルヴィア達よ、ジョーカーがマリシの暴走を止めるまで私に付き合ってもらうから」

「琴音……」

「行って」

ＰＦ能力が戦闘向けではない琴音が、シルヴィアを相手にするのは分が悪いなんてものじゃない。

なら、ここは俺がシルヴィアと戦うべきだ。

琴音と目が合う。

「貴方をサポートするのが、私の仕事よ」

「相手はシルヴィアだぞ」

そう言うと、琴音は余裕のある挑戦的な笑みを浮かべる。

「私、負けず嫌いなのよ」

ポケットから黒球とは違うデザインをしたピンク色の球体、それとトリモチグレネードを取り出す。

既に琴音はシルヴィアを見据えていた。

「すまない」

「こういう時は謝るんじゃなくて、感謝するのよジョーカー」

「……ありがとう。絶対マリシを止めてくる」

琴音の反応を待つことなく走り出す。今は少しでも急ぐべきだ。

「朱美、貴方が私に勝てると思っているの？」

「負けないわよ」

手を放すと、ピンク色の球体が琴音の周囲を浮遊する。

すかさず空いた手をポケットに突っ込み、手のひらサイズのキューブを取り出す。

「やっぱり、試作品の運用テストは私自身でやるのが最適解よね」

「そんなもので……掛かってきなさい」

シルヴィアが刀を構える、その姿に油断や慢心はない。

確かな殺意を持ったヴィランを相手に、琴音の額に汗がにじむ。

それでも、琴音は怯《ひる》むことなく自分を奮い立たせるように口を開ける。

「大きいからって偉いわけじゃないってことを教えてあげるわ！」

「……ん？」

困惑するシルヴィアを前に、控えめな胸を張る琴音。

「パトラもそうだったけど、貴方もなかなか大きいみたいだし」

「……あ、朱美。何を言っているの？」

琴音の言葉は人体のとある部位を対象にしているのだとシルヴィアは理解していた。

頭では理解していても、そう言わずにはいられなかった。

「おっぱいの大きさがステータスじゃないってことを、証明してみせる！」

「明らかに戦闘意識が別物じゃない！　というより、大きくてもいいことなんてないわよ！」

「大きい方が絶対にいいじゃない！」

「本音が漏れてるわよ！」

戦闘の火蓋を切ったのはシルヴィアだった。竜の逆鱗《げきりん》を思いっきり叩《たた》いた先制攻撃だ。

「ふむ、この場合はどうするべきか」

「ジョーカーが相手でも関係ないでしょドクター？」

シルヴィアを琴音に任せて走り出したまではよかったが、今度はパイモンとドクターの二人と対峙《たいじ》していた。

「マリシのことは俺に任せてくれないか？」

「無理だねー、縄張りで暴れる子がいるんだから対処に当たるのは僕達。当然でしょ？」

ここでパイモン達を倒さないとマリシのもとにすら行くのは困難だ。変身後の消耗した体に力を込める。

　ドクターの戦闘力は未知数だが、引くわけにはいかない。しかし、現れた第三者によって状況が動く。

「あっはっはっは！　お兄さんこんな所にいたんだ！」

「ユ、ユノ!?　お前どうしてここに、それにトリモチをどうやって……」

いつの間にか俺の隣に現れたユノ、全身に浴びていたトリモチは綺麗に取れており、なぜかスパッツも復活していた。

おのれスパッツ、貴様は概念ごと消さないといけないようだな。

「ナチュラルに下から覗《のぞ》かないでよ変態お兄さん」

「いや、これにはユノがトリモチから抜け出した理由等を調査するために必要なんだ」

ちっ、スパッツで守られているからといって余裕そうだな。

「ユノ！　オレ達を置いていくなよな！」

「この状況で戦力の分散は好ましくないです」

次いで現れたのはウェヌスとミネルヴァ。ミネルヴァは既にPF能力を発動、機械チックな翼を展開して飛行していた。

　下から見えるのはやはりペチパンと呼ばれる見せパン。

　他二名と合わせているのだろうけど、スカート穿《は》いて空を飛ぶってエッチな感じだよね。

「あの……じっと見られるとそれはそれで恥ずかしいのですが………」

顔を赤くして恥じらうミネルヴァ、可愛《かわい》らしい。

パンツが見えなくともその反応だけで需要を満たせそうだ。

拝んどこ。

「感謝感謝」

「拝まないでください！」

「おい！　オレのは見ねぇのかよ！」

「あ、いいです。ウェヌスさんのは間に合ってます」

「何が間に合ってんだゴラァ！」

どこのヤンキーだよ。堂々と見せられてもそんな嬉《うれ》しくないんだよ。

ミネルヴァを見習え。あんなに乙女《おとめ》チックに恥じらってくれるんだぞ？

「見ろって言われて見ても嬉しくっておい、自分からスカートを捲《まく》ろうとするな」

「じゃあ見ろよ！　オレのも！」

分かってないなぁ、男が女性用の下着を見るだけで満足するならネットの画像検索で間に合うんだよ。

とはいえ、据え膳食わぬは男の恥とも言うし、渋々しゃがみ込んでウェヌスのスカートを下から覗く。

足首から太ももにかけて艶やかな脚が見え、その先にはご本人の髪と同じ赤色を基調としたパンツが見える。こうして見る分には女の子にしか見えない。

「どうだ⁉」

どうだって言われてもなぁ。正直なにも感じなかった。

ウェヌスの期待に満ちた目を見る限り、思ったまま返答したらダメなんだろうな……。

「す、凄《すご》い良かったぞ！」

「だろぉ！」

そこそこ実りある胸を張って自慢げに鼻を鳴らすウェヌス。

自分でもなに言ってるんだとは思ったが、本人が満足ならそれでいっか。

「それで、お前達は何をしに来たんだ」

「普通に話を戻したね、ボクとかミネルヴァのを見た時とはえらい違い」

「簡単な話です、あの子を殺させるわけにはいかないので」

「かといってオレ達じゃ、あのちびっ子の癇癪《かんしゃく》を止められねぇんだよ」

三色娘が並び、ドクター達と俺の間に壁を作るようして遮る。

「おや、君達が相手か。丁度良い、縄張りで遊んだツケを払ってもらおう」

ドクターが懐から無数の黒球を取り出す。その数はパトラが操作していた時よりも圧倒的に多い。

「三人だからって僕達に勝てると思わないでね！」

戦闘後でダメージが残っているはずなのに、パイモンの闘志は消えずに膨れ上がっているように見える。

「お兄さんみたいな変態を頼るのは癪《しゃく》なんだけど」

「あの子をお願いします」

「その間暇だからアイツらと遊んでおいてやるよ」

ウェヌスは腕に、ユノは脚にＰＦ能力で武具を生成する。ミネルヴァ同様機械を思わせる武具を装備して構える。

三色娘がどうしてマリシを捜していて、何をしようとしているのかは分からないが、マリシを守ろうとしてくれているのは十分に伝わった。

「……ありがとう」

未《いま》だ感じる波動の中心地に向かって走り出した。

「三対二だねー、大丈夫～？　手加減してあげようか～？」

「自分達の心配をした方がいいんじゃない？　僕、一人称が被《かぶ》ってるのちょーっと気に入らなかったんだよねっ！」

パイモンが視界を埋め尽くすほどの無数のエネルギー弾を放つ。

「ボクもそれ思ってた！　ボクの方が断然強いけどね！」

ＰＦ能力者の目をもってしても追えない速度で移動するユノ、彼女が通った軌跡をなぞるようにパイモンのエネルギー弾が弾《はじ》けていく。

「あっはっはっは！　お兄さんの時は戦いにすらならなかったから、たっのしぃ！」

「僕は一戦終わった後なんだけど、っね！」

断続的に放たれるエネルギー弾の嵐の中、ユノは獣のように低い前傾姿勢を保ったまま回避し続ける。

微《かす》かな隙を見逃さず、一瞬にして間合いを詰める。

「おっそいねぇ！　間合いだよ！」

パイモンの懐に飛び込み、鞭《むち》のようにしなる蹴りを見舞う。

が、蹴るために踏み込んだ地面が突如として爆《は》ぜる。

ユノは攻撃のモーションをそのままに、行動目的を切り替えることでどうにか回避する。

「地雷って知ってる？　僕って意外と器用なんだ」

エネルギー弾による設置型の地雷。パイモンは既に同様の地雷を自身を守るようにして周囲に設置。

地を高速で移動するユノを封殺するための布陣が形成されていた。

「へぇ、面白いじゃん！」

脚を封じられたに等しい状況でもユノの闘争本能は収まらず、高ぶる闘争の渇望に舌舐《したな》めずりをする。

艶やかに濡《ぬ》れた唇も乾かぬうちに、ユノの姿が掻《か》き消える。


「それでは、私達も始めよう」

パイモンとユノが戦うすぐ横で、ドクターはウェヌスとミネルヴァと対峙する。

「ミネルヴァは手を出すなよ、オレがやる」

獣と見紛《みまが》う獰猛《どうもう》な笑みを浮かべたウェヌスが前に出る。

「分かってます、二対一で戦っても楽しくありませんし」

自分だけ戦えないことに少しばかりの不満を募らせながらも、ミネルヴァは戦闘に巻き込まれないように空中に移動しようとする。

「待ちたまえ」

口だけを動かし、端的に発するドクター。

「もしかしてワタシに——キャァ!?」

「ミネルヴァッ!?」

ドクターは令を発しただけ、それだけでミネルヴァは無数の黒球によって集中攻撃に晒《さら》されてしまう。

街灯に群がる虫のような執拗《しつよう》な攻撃に、ミネルヴァは飛翔《ひしょう》を放棄。

翼で自身を包み込むと、ウェヌスの隣に自由落下で地面に激突する。

「ミネルヴァ！　大丈夫か！」

「ええ。大丈夫です……」

確かなダメージの痕を残しながらも答えるミネルヴァ。

「私を相手に戦力の出し惜しみは感心しないな。彼我の戦力差は理解できるかね？　理解できずとも教えてやる、安心しろ」

ドクターは動かない。代わりに周囲を取り囲む無数の黒球が不気味に蠢《うごめ》く。

「ミネルヴァ、オレ達でやるぞ」

「はい」

先ほどまでの獰猛な笑みは消え、ウェヌス達は油断なく構える。

目の前に立つ存在が、非戦闘員の研究者ではないことを分からされたから。

「胸を貸そう、存分に楽しみたまえ」

圧倒的な実力者だと理解させられたからだ。

「ジョーカーも私の胸で楽しんだぞ？」

「絶対別の意味だろ」

「え、ええええっちなのは良くないです！」

「分かるかね？　これが戦力差だ」

メロンのように巨大なおっぱいを持ち上げるドクター。

強者の象徴を惜しげもなく見せつける。

「舐《な》めるなっ！　オレ達だって三人合わせればそれぐらいになる！」

「何を競ってるんですかっ！」


近づくにつれて強くなる波動を感じながら進み、ついに彼女の姿を視界に捉える。

「マリシ！」

前髪に隠された目元でこちらを見るように顔が向けられる。

「……はるひこ」

声に覇気はない。早朝の挨拶を交わすような、いつもの声色だ。

全身から発している波動と、能力者だから理解できるＰＦの力さえ感じなければ、気兼ねなく名前を呼べていただろう。

「こんなことは止《や》めるんだ」

「……やめる？　なんで？」

「なんでって……」

「……まけたら、もう、あそべない。ともだちじゃない」

何を言っているんだ？

「……まけてない、だから、いっしょに……あそぶの」

拒絶するように急激に強まった波動に、体が押し戻されそうになる。

負けると遊べない？　誰との勝負の話をしているんだ。

なんの前触れもなく現れたユノ達三色娘、彼女達が捜していたのはマリシだった。

マリシに酷《ひど》いことをしているのかと思えば、三色娘を前にしたマリシはこれといった反応を見せなかった。

様々な情報が頭の中で宛てもなくグルグルと廻《まわ》る。

「マリシ……！」

「……はるひこ……あそぼ？　いっぱい……いっぱい………。まだわたしに、勝てないよ？」

もしかして……俺なのか？　マリシがずっと負けてないと言い張っている相手は……。

ますます分からない、俺はマリシに遊びで勝ったことはない。だからといってマリシが勝敗に固執する理由の説明にはならない。

「……わたし、おぼえてるよ。はるひこが言ったんだもん、わすれない」

マリシと出会ってから今日まで、そんなことを言った覚えはない……いや、ある。

ヒーローカリキュラムを受ける前、よく公園で遊んでいた女の子。

勝ったら遊ばないとは言っていない、だが一度も勝てなかった俺が子供らしいプライドから言ったじゃないか。

勝つまで遊ぶ、と。

「違う！　アイツとマリシは別人だ！」

自分に言い聞かせるように叫んでいた。

遊ばなくなったのはアイツが公園に来なくなったからだ。俺はずっと待っていたのに。

今でも覚えている、風に抵抗もなく流される空気のように軽やかな白い髪。

夜空の星のように輝く瞳。利発そうで豊かな表情に自然とこっちまで嬉《うれ》しくなった。

「アイツは、もう！　いないんだっ！」

寂しくはなかった、靴紐《くつひも》を結ばなくても走れる程度の些細《ささい》なものだった。

忘れそうになると、ふと思い出す程度。名前だって思い出せない。

でも、忘れることはなかった。杭《くい》を打たれ、鎖に繋《つな》がれているように。心から離れそうになるとジャラジャラと音を立てて主張してくる。

「……ぁ」

だからどうした。

抱きしめた小さな女の子を前に、昔を思い出す必要がどこにある。

こんなにも震えている女の子がいるのなら、一番にやるべきことがあるだろ。

「遊ぼう」

「……」

「勝っても負けても楽しいんだ、だからもっと遊ぼうぜ」

笑え。

一緒に震えるでも、寄り添うでもない。

「今日の遊びも楽しかったな！　流石《さすが》マリシだ！」

「……たのし、かった？」

「当たり前だろ」

震えが止まるほど、不安がどうでもよくなって、笑いたくなるほど、誰よりも笑え。

「だが残念、今日は俺の勝ちだっ」

「……わたし、まけてない」

「いーや、俺の勝ちだな」

「……じゃあ、もう、遊ばない？」

「また遊ぼう。今度はマリシが勝つまで」

「……わたし…………かったら？」

「また遊ぼう。今度は俺が勝つまで」

「……こんどはわたしが、勝つまで……遊ぶ」

子供には笑顔が一番似合うのだから。

「そうだな、そうすればずっと遊べるな」

マリシの震えは止まっていた。あれほど叩《たた》きつけられてたPFの波動も消えていた。

思考の渦に溺れているのか、マリシはピクリとも動かない。

そして――

「……ほんと、だね」

笑ったマリシの表情は、満面の笑みではなかった。

春風に散る桜のように儚《はかな》く、アンズの花のように淡いピンク色をしていた。

マリシが元のマリシに戻って暫《しばら》くすると、遠くから見知った人影がチラホラと近づいてくる。

琴音達と、三色娘だ。

ドクターは本当に戦っていたのかと疑ってしまうほど、乱れもなく余裕綽《しゃく》々《しゃく》といった足取り。

だが、ドクター以外は疲れ果てているようで、重い足取りと締まりのない表情からは這《ほ》う這《ほ》うの体《てい》といったところだ。

「おう！　みんなお疲れさん！」

偉大なウォリアーに敬礼！

「お疲れさんじゃないわよ！　マリシを早く止めてくれないから大変だったのよ！　シルヴィアの攻撃凄《すご》く怖いのよ！」

シルヴィアの刀怖いよね。

「分かる、斬られたことあるし」

「そ、そういえばそうだったわよね……痛い？」

「泣いちゃうぐらい」

「ぴっ⁉」

しまった！　琴音が怯《おび》えてしまった！

「だいじょーぶ、撫《な》でてあげるからね〜」

ナデナデ、ナデナデ。うん、小さくて柔らかくてよろしい！

「どこ触ってるのよ！　胸に頭があるわけないでしょっ！」

「ぴっけるっ⁉」

「しっかり頭を撫でて！」

頭を撫でたら元気になりました。

なんか偉くテンションの上がり下がりが激しいな、初めての戦いでアドレナリンとかが大量に分泌されてハイになってるのかな？

「僕疲れた〜、ジョーカーおんぶ〜」

「パイモン、子供みたいなこと言わないでちょうだい。こう言うのよ、四つん這《ば》いになって馬になりなさい」

「むむ、人権を奪う気だな」

そうはいくか！

俺はマリシを抱えてドクターの背に隠れる。

アルコールの匂いが強い印象だったが、外に出ているせいか女性らしい甘い匂いがする。

こうして匂いをスンスンしても怒らない大人の余裕！　琴音〜、これが大人の対応だぞ〜？

「これが大人の匂い……」

「ジョーカー……特務に戻ったら覚えてなさい……」

「諸君、これが戦力差というものだ」

「いつまで言ってるのさ……僕にもダメージ来てたんだからね、ソレ」

戦力差って、いったいどんな戦いをしてたのか凄い気になる。もしかしてそういう戦力差？

「それならドクターの一人勝ちだな」

「ムキー！　ジョーカーまで僕達を馬鹿にするなー！」

女の子がムキーとか言うなよ、それに需要はないぞ。

「……ごめんなさい」

唐突に、マリシがみんなの前に出て頭を下げる。

いつも以上にオーバーリアクションをしていた面々が静かにマリシを見る。

「……迷惑をかけて、ごめんなさい」

頭を上げないマリシの肩に、シルヴィアが手を乗せる。

「謝らなくていいわ、私達の方が貴方《あなた》に酷いことをしようとしたのよ」

「……それ……でも、私が………悪いから」

「分かった、許すわ。だから頭を上げてちょうだい」

頭を下げた時よりも、ゆっくりと窺《うかが》うように頭を上げる。

シルヴィアは優しく微笑《ほほえ》んで、頭を下げる。

「ごめんなさい。貴方を信じられなくて、貴方を、友達を見捨ててしまった」

「ごめんなさい。マリシ」

「すまなかったな」

パイモン、そしてドクターも続くように謝罪をする。

「……ゆ、ゆるず……だ、だがらま、だ………まだっ！」

答えるマリシの声は震え、滴る水滴が地面を濡《ぬ》らしていく。

「ええ、また……みんなで遊びましょう？」

「……うん、うん！」

涙ながらに嬉しそうに答えるマリシに、シルヴィアの表情も和らぐ。

「ほら、前髪が涙でベタベタよ。マリシも女の子なんだから」

シルヴィアがマリシの前髪をどけていく。年の離れた姉妹を思わせる光景に口元が緩んでしまいそうだ。

だが、俺は緩みそうな顔を引き締めて振り返る。

「さてと……。これでもマリシを連れていこうとか言うのか？　三色娘」

「三色娘って言うんじゃねぇ！」

「ボク達団子みたいだねー」

周囲は災害に見舞われたかのような被害が広がっており、事前に住民を避難させていなければ歴史に残るほどの死傷者を出していただろう。

完全な暴走ではなくてもこれだけの被害だ、もしもマリシを止められなかったらと思うと嫌な汗が流れた。

「マリシは渡さないわよ」

「僕達のお友達だもんねー」

シルヴィア達はマリシを手放す気はないみたいで、マリシを三色娘から庇《かば》うように抱きしめていた。

「ワタシ達にもマリシを求める理由はあります。ですからこちらも諦めるという選択肢はありません」

「そーそー。それに元々マリシはボク達と一緒にいたんだから」

「なんならもう一度やり合ってもオレ達は構わねぇんだぜ？」

「お前ら野蛮過ぎない？」

既に三色娘は武装を展開して臨戦態勢だ。

「さっきは途中で終わっちゃったから、今度はぎったんぎったんにしてあげるよ！」

「マリシ、危ないから少し離れててね。大丈夫、すぐに終わらせてくるから」

「おもしろいじゃないか。君達に試そうとしていたことはまだまだあるんだ」

「こっちもやる気じゃん……」

シルヴィア達も武器を構えて対峙《たいじ》する。

裏社会に生きる彼女達にとっては当たり前の行動原理なのかもしれないが、俺としてはたまったものじゃない。

「琴音、この場を収める案を授けてくれない？」

「えぇ⁉　この状況で私に振らないでよ！　私この中で一番か弱いのよ⁉」

そういえばそうだった……。

俺はさらなる被害を避けるためにもマリシに近づく。

「マリシはどうしたいんだ？」

「……私？」

疲れてへたり込んでいるマリシが首をコテンと傾けながら答える。

「あそこにいるアマゾネス達はいがみ合っている。でも最終的にどうするのかを決めるのはマリシだ、だからマリシはどうしたいんだ？」

「……んー」

真剣に考えるマリシ。

急に言われて困惑してるのかもしれないが、戦闘狂達を鎮められるのはマリシしかいないのだ。

「「……」」

暫く考え込んでいるマリシの様子に、いがみ合っていたシルヴィア達は武器を交えることはせずに黙ってマリシの様子を窺《うかが》っている。

そして、ようやく答えを出せたマリシが口を開いた。

「……みんな、一緒」

相変わらず目元は前髪で隠れてしまっているが、マリシはへにゃりと笑みを浮かべた。


数日後――

「はぁ……」

俺は特務の本部にある自室のベッドの上で、今世紀最大の深いため息を吐《つ》いていた。

自室で、本来なら誰かからの反応が返ってくるわけでもないが、今日ばかりは違った。

「なーにため息吐いてるのよ」

「お疲れのご様子ですね」

自分の部屋のようにくつろぐ琴音とコマンダー。

美少女二人が自分の部屋に、なんて夢のようなシチュエーションだが、二人は目の前に積まれているお土産《みやげ》が目当てで屯《たむろ》しているだけだ。

お土産に負けた感があって全然嬉《うれ》しくない。そして財布と心が寂しくなった。お菓子売るって値段じゃなかったぞ。

「早くお土産持って出てってくださいませんか？　めっちゃ疲れてるんで休みたいんですけど」

「落ち込んでるの間違いじゃないの？」

「うぐっ」

図星だ。

今世紀最大のため息と、美少女二人を前にしてテンションが上がらないのは全く別の理由だ。

「仕方ないわよ、マリシはいい子だけどヴィランなんだから」

「うぅ……お父さん離れが早過ぎるんだよぉ」

結局マリシと三色娘は青いウサギに加わることになった。

俺も保護者として付き添うつもりだったのだが、任務としてシルヴィア達に接触していたに過ぎず、特務からの撤退命令一つで強制送還されてしまったのだ。

大切な物を失った俺はベッドに寝転んで無気力に項垂《うなだ》れるしかなかった。

「変態な父親から巣立つにはいいタイミングよ、あの子に悪影響だもの」

「なにを言うか！　立派な淑女に育ててみせるわ！」

「私のパンツを見ながらよく言うわね」

む、お土産に夢中な二人のスカートを覗《のぞ》いていたのがバレてしまったか。

「琴音、もう少し恥じらいを持ってくれよ。そうしないとテンションが上がらない」

俺から数々のセクハラを受けているせいか、琴音は下着を見られる程度ではあまり反応を見せてくれなくなってしまった。

同僚の悲しき成長にさらに気分が落ち込んでしまいそうだ。

「安心してくださいジョーカー。琴音さんの体温、並びに心拍数の上昇が確認できていますす」

「ちょ、ちょっとコマンダー!?」

琴音はコマンダーの不意打ちに狼狽《うろた》え、慌ててコマンダーの口を塞ぎにかかる。

だが、難聴系主人公ではない俺には無意味！

「わっはっはっは！　そうかそうか！　俺は嬉しいぞ！」

「覗いてる側が勝ち誇らないでよ！　お金取るわよ！」

「確かにそうだよな、いいものを見せてもらったんだから対価は払うべきだよな」

猛省した俺は財布に入っているお札を全て差し出す。

「お見事です、副業で収入を増やすことは琴音さんの精神的安心の一つになりますから」

「ご、五万……」

お札を手に震える琴音。

「すまん、今の持ち合わせはそれしかないんだ」

「い、いらないわ！」

抗《あらが》えない誘惑を振り切るように、琴音がお札を突き返してくる。

「俺からの気持ちだ。受け取ってくれ」

「さわやかな顔して汚いことしないで！」

「なにおう⁉ 俺の純情な気持ちを汚いと申すか！」

「純情が茶色く濁ってるのよ！」

正当な対価だと主張する俺と、お金に困ってないからと受け取らない琴音の攻防が暫《しばら》く続いた。

最終的にコマンダーの提案で、お金の代わりに琴音の服を買うのに付き合うことで話がまとまった。

琴音はオシャレができるし、俺はそれを特等席で拝める。しかも貢げる。ウィンウィンの関係というヤツだ。

建設的な話し合いに疲れた琴音がため息を吐く。

「はぁ……。マリシのこととか悪いことばかりに目を向けちゃダメよ。ドクター達とも協力関係を築けたじゃない！」

「それは……。そうなんだけどさぁ」

　マリシの一件の後、ドクター自身から協力関係構築の話を持ちかけられたのだ。

　ドクターからは裏社会の情報と技術協力を、特務からはダミーカンパニーを経由しての資金援助とその他支援といった形だ。

　俺は両者の仲介をしただけで、最終的に合意まで話を進めたのは特務長だ。俺の頭じゃそこら辺は畑違いもいいところだからな。

「今回の任務、別にジョーカーが気に病む結果もなかったわけだし……。マリシのことを除いてだけど」

「パイモンの言っていた通り、ドクターは黒球を含めたＰＦ能力者用の武器を売りさばいてもなかったしな。それればかりか、あっちが持ってる情報もくれたし、知れば知るほどヴィランとは思えない集団だよ」

　協力関係を取り付けたことで、青いウサギが関わっている案件や、他のヴィラン組織などの情報もドクターから提供してもらうことができた。

　青いウサギが保有する情報全てというわけでもないだろうが、情報というのはあるだけで有益になる。

「確かにもぐ、ヴィランから得られる情報は貴重です。もぐもぐ……ん。特務として活動できるもぐ、幅もぐ、もぐもぐもぐもぐもぐ、もぐもぐ」

コマンダー。お土産を気に入ってくれたのは嬉しいんだけど、せめて飲み込んでから話してくれよ。

前に人間味ないとか言ってごめんね？　めっちゃ人間味あるわ、仕事以外だとフリーダム精神だったのね。

「もぐもぐもぐ……。つまり、私の下着をご所望だと」

「コ、コマンダー!?」

「あれ？　どこからそんな話に？」

「仕方がありません。琴音さん然《しか》り、これほど貢がれてしまうと少しばかりの恩返しも当然ですね」

止める間もなくコマンダーは立ち上がると、ベッドで寝そべっている俺の頭を跨《また》ぐように立つ。

内勤で外に殆《ほとん》ど出ないためか、異常に白く細い脚、黒と白のチェック柄のパンツが視界の半分以上を占めていた。

「どうですか？」

どうですかと言われましても……確かに最高の眺めではある。

「ほらほらー、どうですかー」

無表情で俺を見ながら、無機質な声色で、メトロノームのように振られる腰とスカート。大興奮ものではある、が。無表情で腰を振るコマンダーの意図が分からない。どう反応したらいいのだろうか。

とりあえず写真撮っとこう。

パシャ。

「パシャじゃないわよっ！」

「いっだぁああああ！　目がああああああ！」

腰を永久に振り続けるコマンダーの下で悶絶《もんぜつ》する俺。

あ、女の子の足の匂いって、凄く背徳的な匂いがするんだね。初めて知っちゃった。

「コマンダーも何をやってるんですか！」

「琴音さんが教えてくれたことを試してみました」

思わぬ返しに驚く琴音。

「ジョーカーは女性のスパッツを破いて下着を見るほど、女性の下着を好まれるのだと伺ったので」

ちょ、琴音さん⁉　職場環境を破壊するようなこと言わないでくれません⁉

「別にそういう意味で言ったわけじゃないです！　……あれ？　それってジョーカーを元気付けるため？」

「はっはっはっは、琴音君。この無表情ガールを見たまえ、あり得ないだろう」

会話も最小限、仕事以外ではこうして話す機会も殆どない。彼女が俺を気遣うはずが――

「その通りです。私は元気付けようとしています」

「コマンダー様！　私が間違っていました！」

いや、本当にごめんなさい。優しいんですねコマンダー。

こうしちゃいられない！　パンツに穴が開くほど凝視するんだ！　コマンダーのご厚意を無下にするわけにはいかない！

だから琴音さん、人を虫けらに向けるような目で見ないでください。俺だってたった一つの命ですよ？

「ほら、琴音さんも」

「え、えぇえ⁉　こ、こここコマンダーなにを言って――きゃぁ！」

コマンダーに問答無用で腕を引っ張られた琴音は、抵抗する間もなく俺の頭上に立たされる。

だが、咄嗟《とっさ》に内股になり、スカートを手で押さえる琴音。

「ほら、琴音さん。ジョーカーには元気になってほしいですよね？」

「で、でもぉ……」

お、いけるのかコマンダー？

「琴音さん、恥ずかしいのは最初だけです、すぐに気持ちよくなります」

「え、なにを言ってるんですか怖い」

「実は少し下着の方が」

「皆まで言わないでコマンダー、というか貴方《あなた》そんなキャラでした⁉」

分かる、分かるぞ琴音。俺もコマンダーが無表情ビッチだとは思わなかった。

「ビッチではありません、バージンは強固に守られています」

「だから皆まで言わないで！」

特務の女性ってナチュラルに人の心を読むんですね……。

俺は確信した。コマンダーはビッチではなく、躊躇《ためら》いがないだけだ。

「ほら、琴音さん」

「うう……っ」

俺の顔を挟んで行われる美少女達のやり取り、そして四本の生足と下着が視界の殆どを占めている。

うーん、なんて言うんだろう。ここは天国かな？　もしくは夢の世界かな？

「おーいジョーカーくーん、お土産《みやげ》があると聞いたよ。特務長に対する礼儀というものが……おやおや」

「わざとでしょ、ノックをしてください！」

まるで狙ったかのように白々しく現れる特務長。入ってきた瞬間からニヤニヤしてたじゃん。

……っ!?　ま、まさか!?

「そのまさかさ！　とうっ！」

掛け声と共に軋《きし》みを上げるベッド。女性三人と男一人だと体験したことのない沈み方をするな。

「ほら、琴音ちゃん前に詰める！」

「きゃぁ！　わ、脇を触らないでください！」

「おやおや〜？　琴音ちゃんの弱点見つけちゃったな〜」

「あ、あっはははは！　や、止《や》めてくださいぃいいい！」

お、ぉおおおお！　なんだこの光景はぁああ！

ほどよく肌の色が透けるタイツを纏《まと》った美脚、細く健康的な肉付きをしている美脚、異常なほど白く滑らかな曲線を持つ美脚！

同じ黒色なのにタイツの奥に確かに見える黒いパンツ！

水色と白の縞々《しましま》パンツ！

黒と白のチェック柄パンツ！

パンツがいっぱいだ！

どうしよう！　俺！　どうしたらいいんだっ⁉

落ち着け！　目の前でキャッキャと動く美脚に惑わされるな！　きわどいラインのおぱんてぃに負けるんじゃない！

深呼吸だ、ゆっくり息を吸ってー、吐いてー、吸ってー、吐いてー。

パシャ、パシャシャシャシャシャシャシャシャシャシャシャシャシャシャシャシャシャシャ！

「どれだけ撮ってるのよ変態ぃいいい！」

「今日は甘んじで受け入れよっぐぼあ！」

「あ、気絶しちゃったね」

「気絶しましたね」

とりあえず元気にはなりました。色々と。

あとがき

「シルヴィア、今回は僕たちの番だよ！」

「てきおぱ二巻を読んで頂きありがとうございます、皆様のおかげでこうして二巻も無事に出すことができました」

「うわ、すっごい真面目だねー」

「当たり前よ、あの変態と同じなんて嫌だもの」

「あははー。ジョーカーのときは凄《すご》かったみたいだからねー」

「私達で軌道修正するのよ、いるかもしれない女性読者のためにも！」

「おな、シルヴィアのスリーサイズは上から」

「ど、ドクター止めてっ!?」

「やっほードクター」

「君たち、何事にもコストパフォーマンスが存在するのだよ。本作品の読者層はジョーカーの同胞が殆《ほとん》どだ、つまりここでの最適解としてシルヴィアのおっぱいと尻を主張していくべきだ」

「どうしてそうなるのよ……」

「え、僕は？」

「いや、スリーサイズではだめだ……。シルヴィア、下着を見せるんだ」

「だからどうして⁉」

「文字数も限られてる、仕方ない。私とパイモンは黒、シルヴィアは水色、パトラは赤だ」

「どうして知ってるのよ！」

「シルヴィアとパトラはフルカップ、パイモンはシェルフカップ」

「詳細な情報っ⁉」

「ちなみに、私のは特注だ。大きすぎて耐えられないからな」

「くっ……！　なぜか負けた気がする……」

「ねぇ、だから僕はー？」

「パイモンにはこれをあげよう」

「あ、牛乳だ！　わーい！　ドクターありがとー！」

「それでいいか二巻の表紙……」

とがの丸夫

敵《てき》のおっぱいなら幾《いく》らでも揉《も》めることに気《き》づいた件《けん》について2

著　とがの丸《まる》夫《お》

角川スニーカー文庫　23756
2023年8月1日　初版発行

発行者　山下直久
発　行　株式会社KADOKAWA
〒102-8177 東京都千代田区富士見2-13-3
電話　0570-002-301（ナビダイヤル）

印刷所　株式会社暁印刷
製本所　本間製本株式会社

◇◇◇

Printed in Japan　ISBN 978-4-04-113970-7　C0193

★ご意見、ご感想をお送りください★
〒102-8177 東京都千代田区富士見2-13-3
株式会社KADOKAWA　角川スニーカー文庫編集部気付
「とがの丸夫」先生「芝石ひらめ」先生

角川文庫発刊に際して

角川源義

第二次世界大戦の敗北は、軍事力の敗北であった以上に、私たちの若い文化力の敗退であった。私たちの文化が戦争に対して如何に無力であり、単なるあだ花に過ぎなかったかを、私たちは身を以て体験し痛感した。西洋近代文化の摂取にとって、明治以後八十年の歳月は決して短かすぎたとは言えない。にもかかわらず、近代文化の伝統を確立し、自由な批判と柔軟な良識に富む文化層として自らを形成することに私たちは失敗して来た。そしてこれは、各層への文化の普及滲透を任務とする出版人の責任でもあった。

一九四五年以来、私たちは再び振出しに戻り、第一歩から踏み出すことを余儀なくされた。これは大きな不幸ではあるが、反面、これまでの混沌・未熟・歪曲の中にあった我が国の文化に秩序と確たる基礎を齎らすためには絶好の機会でもある。角川書店は、このような祖国の文化的危機にあたり、微力をも顧みず再建の礎石たるべき抱負と決意とをもって出発したが、ここに創立以来の念願を果すべく角川文庫を発刊する。これまで刊行されたあらゆる全集叢書文庫類の長所と短所とを検討し、古今東西の不朽の典籍を、良心的編集のもとに、廉価に、そして書架にふさわしい美本として、多くのひとびとに提供しようとする。しかし私たちは徒らに百科全書的な知識のジレッタントを作ることを目的とせず、あくまで祖国の文化に秩序と再建への道を示し、この文庫を角川書店の栄ある事業として、今後永久に継続発展せしめ、学芸と教養との殿堂として大成せんことを期したい。多くの読書子の愛情ある忠言と支持とによって、この希望と抱負とを完遂せしめられんことを願う。

一九四九年五月三日

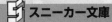

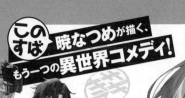

時々ボソッと
ロシア語でデレる隣のアーリャさん
Милашка❤
燦々SUN
イラストももこ
story by sun sun sun
illustration by momoco
ただし、彼女は俺が
ロシア語わかる
ことを知らない。
特設サイトはこちら!
スニーカー文庫

「私は脇役だからさ」と言って笑う
そんなキミが1番かわいい。
クラスで2番目に可愛い女の子と友だちになった
たかた [イラスト] 日向あずり
第6回 カクヨム Web小説コンテスト 特別賞 ラブコメ部門
『クラスで2番目に可愛い』と噂の朝凪さん。No.1人気の天海さんにも頼られるしっかり者の彼女は……金曜日の放課後だけ、俺の家に遊びに来る。本当は無邪気で甘えたがり。素顔で過ごす、二人だけの時間。
スニーカー文庫